河出文庫

ポロポロ

田中小実昌

kawade bu

河出書房新社

目次

ポロポロ

ポロポロ

石段をあがりきると、すぐにそこに、人が立っていて、ぼくは、おや、とおもった。石段はごろんとぶっとい御影石で、数も四十段ぐらいはあり、その下につづく段々畑のあいだの道をのぼってくるときも、前のほうに、人かげはなかったからだ。

冬のはじめのしらじらした月夜で、なにひとつうごくものがないので、よけい、月の光をしらじらと感じたのかもしれない。

その人はソフトをかぶり、二重まわしを着ており、なにか足もとがおぼつかなかった。ぼくは、その人のよこをとおりすぎるとき、おさきに……といったふうに、かるく頭をさげるようにしたのをおぼえている。

ぼくは、未《いま》だに、ひとに挨拶などしたことはない。しかし、あのころは、大人《おとな》なみの挨拶の真似をするのが、おもしろかったのではないか。そのとき、ぼくはたしか中学四年生だった。

前庭をとおり、ぼくはちょっと考えて、玄関のガラス戸をあけたままにして、靴を脱いであがった。あとからすぐ、一木さんがくるんだから、とおもったのだ。
石段をあがったところにいた人は、一木さんのはずだった。ぼくの家は、山の中腹に、ひとつだけぽつんと高く建っていた。港町特有の家々の屋根と屋根が段々になってかさなりあった坂道の家なみをぬけると、あとは家もまばらで、やがて、畑のはしの幅五〇センチほどの一直線の細道になり、ぼくの家までは、ちいさな谷をこして、見とおしだった。

このあたりまでくると、昼間、だれかがあるいていても、遠くから目につくほどで、夜、人といきあうことなどは、ほとんどない。

だから、石段の上にいた人は、うちにやってきた一木さんだ、とぼくはおもったのだ。

そのころの大人はみんなそうだが、一木さんもソフトをかぶり、冬になると、二重まわしを着ていた。

ぼくの家は玄関から左に廊下があった。ぼくは廊下をすすみ、そのつきあたりの部屋の戸をあけてはいった。

うちでもいちばんちいさな部屋で、じつは、ここは、もとは部屋ではなく、廊下につづいた板の間だった。しかし、そのころは、畳をいれて、たしか、ぼくの勉強部屋になっていた。

部屋には父と母と一木さんがいて、祈っていた。二歳下の妹もいたかもしれない。金曜日の祈禱会の夜だったのだ。

この夜、ストーブを燃していただろうか。福禄ストーブとかいうストーブで、戦艦の艦橋《ブリッジ》のようなりっぱなかたちをしていたが、あまり効率はよくないようだった。瀬戸内海のこの軍港町では、ストーブなどある家庭は、ほんとにめずらしく、つまりは実用品ではなかったせいもあるだろう。

この夜、ストーブを燃していたかどうか、はっきりしないのは、まだ冬のはじめで、いちばん寒いころではなく、また、そのとき、ぼくが中学の四年生だったとしたら、昭和十六年の暮れの冬で、もう中国大陸での戦争は長く、一般家庭では石炭を手にいれるのがむつかしかったのではないかとおもうからだ。

しかし、乏しい石炭を金曜日の祈禱会の夜のためにとっておいて、ストーブのあるちいさな部屋に集ったということも考えられる。

ぼくがその部屋にはいっていったとき、父と母と一木さんが祈っていたと言ったが、父が牧師だったうちの教会では、天にまします我等の父よ……みたいな祈りの言葉は言わない。

みんな、言葉にはならないことを、さけんだり、つぶやいたりしてるのだ。それは、異言《いげん》というようなものだろう。使徒行伝の二章にも、異言という訳語は見えないが、そういったことが書いてある。使徒たちが、自分がいったこともない遠い国の言語でかたりだしたというのだ。

こんなふうに、記されたことでは、異言には、こういう意味があったというような場合が、それこそ記されてるが、実際には、異言は、口ばしってる本人にも他人にも、わけのわからないのがふつうではないか。うちの教会のひとは、異言という言葉さえもつかわなかった。ただ、ポロポロ、やってるのだ。

このポロポロは、いわば、一木さんの口ぐせ（?）だった。ポロポロのもとは、使徒パウロだろう。しかし、一木さんは、パウロ先生の霊に、いつもゆさぶられていたかもしれないけど、これは、やはり、祈りのとき、ぼろぼろ、と一木さんの口からこぼれてたものにちがいない。

イエスは、十字架にかけられる前の夜、ゲッセマネ（ルカ福音書ではオリブ山）というところで、切に祈った、と聖書には書いてある。だが、そのとき、イエスは日常はなしていたらしいアラム語で祈りの言葉をのべたのでもなく、またユダヤの祈禱用の言葉を口にしたのでもなくて、ただ、ポロポロやっていたのではないか。

ゲッセマネの園で、イエスが言葉で祈っていたなど、考えられない。だいたい、だれかが祈ってる言葉をきくと、ちょっぴり自己反省をし、そして、自らの徳行を誇り、あとは神にたいする要求ばかりだ。

ルカ福音書二十二章によると、その夜、オリブ山でイエスはこう祈ったという。「父よ、みこころならば、どうぞ、この杯をわたしから取りのけてください。しかし、わたしの思いでなく、みこころが成るようにしてください」

みこころならば……みこころが成るようにしてください、というのは、神への要求でもなければ、自分の願いでもない。ただ、神をさんびさせられているのだろう。言葉は、自分の思いをのべることしかできない。イエスは、自分の思いをのべているのではないのだ。

　オリブ山（ゲッセマネ）で、イエスはこう祈った、と聖書には記されているが、実際に、そのとき、イエスの口からでた音は、言葉ではなく、ただのポロポロだったのだろう。

ところが、世間では、いや、キリスト教の教会の人たちも、イエスは、それこそ世間の言葉で祈ったとおもいこんでるのが、おかしい。

一木さんはポロポロだが、さんびのあいだじゅう、ハ、ハ、ハ……とわらってるひともいた。また、おなじハ、ハ、ハ……でも、わらってるのではなく、泣いてるようなひともいた。

　そんなふうに、みんなあつまって、ギャアギャアやってるわけだから、世間ではきちがいの集団だとおもったにちがいない。

　まだ町なかの教会にいたころ、このポロポロ、ギャアギャアがはじまったときは、なにがおきたのか、とヤジ馬が教会の窓にいっぱいたかって、のぞきこもうとした。

そのあとで、山の中腹の木立のなかに、どこの派にも属さない、自分たちだけの教会をつくったのだが、教会でポロポロやるだけでなく、たとえば、父とぼくとが町の通りをあるいていて、むこうから、一木さんがあるいてきたりすると、道ばたで立ちどまり、ポロポロやりだす。停車場の雑踏のあいだで、教会の人どうしがあったときなどもそうで、子供のぼくは恥ずかしかった。これは、ポロポロを見せびらかし、つまりはデモンストレーションをしてるのではなく、からだがふるえ、涙がでて、もうどうにもとまらなく、ポロポロはじまってしまうのだろう。

しかし、ぼくは地元の中学の入試に落ちて、バプテスト派のミッション・スクールにはいったが、ここでの日曜学校や祈禱会でのお祈りも、きいてるだけで恥ずかしかった。

ともかく、そんなふうなので、世間の人があきれてるのはもちろん、ほかの教会の信者たちも、キリスト教の恥さらしとおもっていたにちがいない。

だいいち、うちのは教会とは言っても、山の中腹の木立のなかの日本家屋で、屋根にもどこにも、キリスト教会のシンボルみたいになっている十字架ひとつなく、あんなものは、キリスト教の教会のうちにははいらない、とほかの教会の信者たちはケイベツしていただろう。

十字架ひとつない教会のくせに、その教会の者が、通りで顔をあわせると、ジュウジカ、ジュウジカ、ジュウジカ、十字架の血だ！　なんてわめきあっているのだから、胸に十字架のブローチをさげた敬虔なクリスチャンたちは、さぞいやだったのではないか。

廊下のつきあたりの部屋の戸をあけると、父と母と一木さんがいてポロポロやっていたのは、前にも言ったが、これはおかしなことだった。

一木さんは、石段をあがったところでおいこし、ぼくは、あとからくる一木さんのために、玄関のガラス戸もあけたままにして、靴を脱いであがり、廊下をすすんできた。その一木さんが廊下のつきあたりの部屋のなかでポロポロやってるのだ。ぼくはかなりポカンとしたが、部屋の入口の近くに腰をおろした。ぼくにはポロポロはでない。そのころも、今でもおんなじだ。だいたい、ポロポロが言えるとか言えないとかいったものではあるまい。クリスチャンたちはおどろくだろうが、信仰というものにもカンケイないのではないか。信仰ももち得ない、と（悟るのではなく）ドカーンとぶちくだかれたとき、ポロポロははじまるのではないか。

ともかく、ぼくはポロポロはやらないから、ただすわっていた。ポロポロをしない者が、ポロポロのあいだにすわっていてもしょうがない。しかし、うちの教会の人たちは、赤ん坊にもポロポロをやる。赤ん坊にポロポロがわかるわけがない。また、赤ん坊がポロポロを感ずるということもあるまい。ポロポロは、感じるものでも、わかる、わからないといったものでもないのだろう。

ぼくは、一木さんのポロポロをききながら、首をひねった。ここに一木さんはいるのだから、石段の上で、ぼくがそのよこをとおりすぎた、ソフトをかぶり、二重まわしを着た人は、一木さんではないことになる。あたりまえのことだ。

だが、やはり変だった。だいいち、一木さん以外に、もうこんな時間になって、ほかのひとが祈禱会にくるとはおもえないからだ。

金曜日の夜の祈禱会を、木立のなかの教会でやらず、ぼくの家のいちばんちいさな部屋で、うちの者のほかは、信者は一木さんひとりしかきていないというのが、その証拠みたいなものだった。

ぼくは時代という言葉はきらいだが、それは、やはり、時代のせいだろう。その祈禱会の夜が、ぼくが中学四年生の昭和十六年の暮れの初冬なら、もう、中国での戦争の泥沼状態にうんざりしていたころだった。もうどうにもならなくて、昭和十六年の十二月八日には、真珠湾攻撃をやっている。その夜は、十二月にはいっていて、太平洋戦争がはじまった十二月八日に近い夜だったかもしれない。

教会の信者のなかには召集されたり、徴用されたりして、遠くにいってる者もあったし、また、戦争のため、仕事がいそがしくて、教会どころではないという者もあっただろう。

それに、世間は日本精神の声が高く、ヤソは、もともと、西洋種のアーメン・ソーメンだ。しかも、そのうちでも、きちがいヤソときている。

憲兵隊や特高から、実際にどれだけの圧迫があったかは、子供だったぼくにはわからないけど、そんな教会には、人々はいきにくかっただろう。

九州にも、うちとおなじ教会があり、父は、よく、九州に出かけていったが、そういうとき、下関までのあいだの列車のなかに、かならず、特高の刑事がやってきた。それは、まだ中国での戦争がはじまらない、ぼくがほんの子供のときからのことだ。戦争が長びくにつれ、ますますうるさくなったことはまちがいない。

そんなわけなので、金曜日の夜の祈禱会でも、三人か四人しか信者がこないのなら、木立のなかの日本家屋の教会堂までのぼっていかなくて、下のぼくたちの家の部屋で祈禱会をということになったのだろう。

その三人か四人の信者が、二人ぐらいになり、そのころは、一木さんひとりということがおおかったのではないか。

信者は一木さんひとりという金曜日の夜の祈禱会が、戦争がおわるまで、じつは、なん年もつづいたかもしれない。

それに、一木さんは、けっして体のつよい人ではなく、リューマチかなにかで、足が不自由で、その夜、石段の上にいた人の足もとがおぼつかなく見えたのも、ソフトや二重まわしといっしょに、その人が一木さんだ、とぼくがおもった理由かもしれない。

いやいや、理由なんてものではない。一木さん以外の人が、その夜、そんな時間、ぼくのうちの石段の上に立っているというのは、あり得ないことだった。

くりかえすが、夜のそんな時間、ぼくのうちにまちがえてやってくる人など、考えられないからだ。

これも、くりかえしになるけど、ぼくのうちのほうには、三城通りという道のつきあたりを左にまがってくる。ここからは、せまい坂道で、道の両側にはちいさな家がならび、その屋根が段々になってかさなっている。

その家なみがきれると、道が二叉にわかれ、ぼくのうちのほうへは、左ての急な坂をあがるのだが、この坂をのぼると、谷をへだてたむこうの南むきの山腹の、もう人家がとぎれてかなりむこうの、山頂へつづく段々畑のあいだに、ぼくのうちはあった。

山腹をたてに区切って尾根まで、ぼくのうち（教会の土地）は、はっきりわかった。今、言ったように、左右は瀬戸内海名物の段々畑で、しかし、教会の土地は、びっしり樹々のみどりがおおっていたためだ。

これは、あるいて二十分ほどの駅からも見えた。段々畑のほかは、やはり瀬戸内海名物の禿げ山のなかの、はっきり区切られたみどりだったからだ。うちの教会の土地になる前は、あるお金持の別荘だった山で、ぼくが中学の三年のころまでは、植木のめんどうを見る人が、一家ですんでいた。

だが、この祈禱会があった、中学四年の暮れの頃には、もう、植木を見る人の一家などはいなかったはずだ。そんなことをやってたら、さっそく、徴用工にとられただろうし、戦争の深まりかたははげしかった。

より道がながくなったが、急な坂をあがったところあたりから、人家は畑のあいだに、あちらにぽつん、こちらにぽつん、とたっているにすぎない。

そして、畑のはしの幅五〇センチぐらいのほそい道をいき、ちいさな流れをこし、これが下にいくほど扇型にひろがる谷の原流なのだが、こいつを、ひょいとまたいで、むこう側の山腹にとっつき、山腹をけずってつくった道をおれまがってあがり、段々畑のあいだの道にでる。この道の上に四十段ばかりの石段と門があるのだ。門は門柱だけで、この門をあけしめした時期は、いっぺんもなかったのではないか。

石段の下の段々畑は、右がよその畑、左がうちの畑で、右がわのよその畑では、赤大根をつくっていたのをおぼえている。

赤大根というのは、この地方だけのものかどうか知らないが、たとえば、東京の八百屋で見かけたことはない。中くらいの大きさのずんぐりした大根で、皮が赤いのだ。この軍港町の小学校や中学校には、たいてい、赤大根というあだ名の先生がいた。あから顔というよりも、むしろ、色のくろい先生に、赤大根がおおかったようだ。

しかし、ぼくのうちの畑では赤大根はつくらなかった。なぜつくらなかったのかは、わからない。

赤大根のかわりというわけではないが、うちの畑には夏ミカンの樹があった。堂々とした夏ミカンの樹で、こんなに大きな夏ミカンの樹は、ほかでは見たことがない。夏ミカンの実も、この樹一本だけで、ミカン箱になん箱も、びっくりするほどたくさんとれた。夏ミカンの実がとれるのは、冬になってからだ。それなのに、どうして夏ミカンというのかふしぎだけど、冬のはじめのこの祈禱会の夜も、夏ミカンの大きなきいろい実が、いっぱい枝にぶらさがっていたかもしれない。

うちの段々畑のいちばん下は、よその墓場だった。地形の関係で、うちの段々畑は、下にいくほど長さがせばまり、いちばん下は上の段の四分の一ぐらいになっていた。

その下の、そのまたはんぶんぐらいの地所に、よその家の墓がたっていたのだが、ある日、たくさんの男たちがきて、その墓をうちのいちばん下の段々畑にうつした。

父は、もちろん抗議しただろうが、うやむやになったらしい。しかし、せまいところに、大ぜいの男たちがきて、半日ぐらいで墓をうつすというのは、子供のぼくの目にも、どさくさまぎれという感じがあった。

つまりは、大いそぎで既定の事実をつくってしまったのだろうが、作業がおわったときは、もう日が暮れており、墓をうつしかえた男たちがかえって、ほんのすこしたったとき、教会の庭の植木のめんどうを見てる一家のかみさんが、「奥さん！　先生！」と、うちにかけこんできた。

人魂《ひとだま》を見たというのだ。人魂は、ふわふわ、墓のあたりからうきあがって、そのむこうの崖のほうにながれ、崖の下からちょっぴりのぞいてる屋根の上をうごいていったらしい。

この人魂は、墓を掘りかえして、うつしたためのものだろうってことになったが、もうひとつの説もあった。

人魂がその上をふわふわうごいていったという屋根の家の主人は結核で重態で、その夜のうち、人魂が屋根の上を這っていった数時間後に死んでるためだ。だから、死ぬ前に、からだからぬけだした魂が、あの人魂だという。

墓の進入は、当時の流行語で言うと電撃的だったが、山の尾根のほうなど、ほかの畑と接するところでは、あきれるほど気の長い、執拗な土地の侵蝕があったらしい。百姓のオジさんが、一日中、地面にへばりつくようにして、目につかないように、それこそ、一日になんミリかの土地を、こちら側にくいこませてきたりするのだ。その根気と熱心さには、父もあきれた口ぶりだったが、こうして、ある日、気がつくと、となりの畑とのあいだのこちらの私道がなくなって、となりの畑になってしまっている。そして、そんな百姓のオジさんはわるい人でも、不正直者と言われるような人でもなく、勤勉な、ごくふつうの人なのだ。

また、より道がながくなった。ともかく、ぼくのうちはそんなところにあり、昼間でさえ、人が迷いこんできたりすることはない。

だが、げんに、ぼくが石段をあがったところに、その人は立っていた。そして、一木さんは、ぼくが廊下のつきあたりの部屋にはいっていくと、ポロポロやっていた。

だから、別人のわけだが、こんな山の上まで、ふらふら迷ってくる者はいないから、祈禱会にきた人だろう。

そして、祈禱会にきたのなら、玄関からあがって、廊下をとおり、この部屋にくるはずだ。ぼくは、あの人が一木さんだとおもって、玄関のガラス戸をあけておいた。

だけど、ポロポロがつづき、聖書を読んだりし、またポロポロやって、だいぶたつけれども、だれもやってこない。

また、祈禱会でなく、なにかの用で、ぼくのうちにたずねてきた人ならば（考えられないことだが）、玄関で、今晩は、と言うはずだが、そんな声もきこえない。

やがて、ポロポロもしずまった。これも、しずまる、なんて言うのはおかしい。だが、まるで言葉ではないものに、言葉をくっつけるのだから、かんべんしてほしい。

ポロポロはしずまったが、また、それこそ火がついたように、ポロポロははじまるかもしれない。朝から晩まで、ポロポロやってることもある。それが、なん日もつづくことも、めずらしくあるまい。

こんなふうでは、会社にいても、こまるだろう。まちがっても、出世はしない。日本のキリスト教では、あまり御利益のことは言わない。しかし、信仰をもつことにより、精神の安らぎを得て、仕事の面でも確乎とした信念ができ、会社の重役とか、えらい教授とかになる人はいる。

だが、ポロポロでは、そうはいかない。精神の安らぎもけっこう、確乎たる信念もけっこうだが、そんなものは、ポロポロ、屁でもない。だから、まず、出世も、金もうけも、りっぱな地位もむりだ。

しかし、父は時間はきちんとしていた。時間にうるさい、というのとはちがう。自分で時間をまもり、日曜日の礼拝でも、祈禱会でも、時間がくると、信者がだれもいなくても、ポロポロはじめ、時間がくると、ポロポロおわった。はじめは、もう、みんなめんくらって、と母がはなしてたのをおぼえてる。

だから、山の中腹の木立のなかの日本家屋の教会では、礼拝の時間がきて、父はポロポロはじめており、時間におくれて、坂をのぼり、畑のわきの野道をやってくる人たちが、あるきながら、ポロポロやってるなんてことは、いつものことだった。

ポロポロはしずまり、祈禱会はおわり、母は前にだした片足の上にかけた座布団をとって、立ちあがった。

母は足がわるく、片足の膝がまがらなかったのだ。娘のとき、母は足に骨髄炎かなんかをおこして、手術をし、ところが、その手術のとき、バイキンがはいって、よけい足をわるくしたという。母は二度手術をし、一年以上入院して、片足の膝がまがらないびっこになってしまった。

だが、そのために、母は、足がわるくては、まともな家に嫁にもいけないだろうから、と、国もとを遠くはなれた福岡のミッション・スクールにやってもらえた。娘の学校教育などはいらないものとおもわれていた時代だが、この子は足がわるくて、かわいそうだから、せめて、学校にいきたいという願いはかなえてやりたい、と祖父は考えたのかもしれない。

しかし、母のわるい足の膝がまがらないのは、二度目の手術のあとで、痛いから、と膝をまげてあるく練習をしなかったために、骨がかたまってしまったのだというようなことを、母のほうの従姉からきいたおぼえがある。

母が、わざと、そんなことをやったとはおもえない。また、あるく練習は、つらくて、痛かっただろう。若い娘にとって、膝がまがらないままで、びっこになるというのは、たいへんなことだろうが、母には自分の肉体のことなどは、どうでもいいようなところがあった。また、たとえば、毎日の暮しを便利にするために、なにか工夫するということもなかった。父は、母のことを、生れてから、一度も釘を打ったこともないんじゃないかな、とわらっていた。そういう性質は、そっくり、ぼくに伝っていて、女房にわらわれている。

すわるとき、前につきだしたわるい足の上に座布団をおくことを、いつ、どこで、母はおぼえたのだろう？

わるい足を前につきだしてるのは、自分でもみっともないが、ひとの目にも気持のいいものではなく、それで、座布団をのっけてカバーしたのだろうが、だれか、やはり足がわるいひとがそうしてるのを見て、母は真似をしたのか？

はじめて真似をしたのは、母の片膝がまがらなくなった、まだうんと若い娘のときだったのか？　それとも、若い娘の母には、わるい足を座布団でかくすことさえも恥ずかしく、その真似ができるようになったのは、だいぶたってからのことだろうか？

母は、大分県の日田から英彦山《ひこさん》のほうにはいった山のなかの村で生れ、育った。父は明治十八年生れ、母は父より六歳上で、明治十二年の生れということだったが、そのころ、ここから、そのミッション・スクールがあった福岡にいくのには、まだ鉄道などはこのあたりはないので、どうやってか、別府か大分にでて、船にのり、国東《くにさき》半島をまわり、関門海峡をとおって、博多の港にきたらしい。途中、一度か二度、船をのりかえたということも、母ははなしていた。

どうして、母が福岡のミッション・スクールに入学したいと祖父にせがんだのかは、母からきいたはずだが、忘れてしまった。おそらく、大分か別府の病院に母が入院しているとき、キリスト教の牧師か宣教師がほかの入院患者のところに見舞いにきたりして、そのはなしをきく機会があったのだろう。だが、九州の山の奥に、明治十二年に生れ、育った母には、そういう生いたちだからなおさら、文明開化というような気持があったのではないか。ぼくの母と文明開化と言えば、たいへんにおかしいが……。

母は福岡女学院の高等科を卒業したあと、長崎の活水女学院、また、神戸女学院の女子のための神学部にはいったとも言っていた。みんな、メソジスト派のミッション・スクールだ。女性の医者はいても、女性の牧師など今でもマンガみたいなのに、そんな神学部のようなものがあったというのは、大びっくりだ。今だって、そんなものはない。

母は、福岡女学院で国文の先生をやっていたときもあるとはなしていたが、こまかなことは、おぼえていない。おぼえていないのは、もちろん、いいかげんにきいてたからだ。

母が父と結婚したときは、四十歳をすぎていたとおもわれる。それまでは、つまりは、あちこちの学校で先生をやったり、生徒にもどったりして、いろいろ勉強していたのだろう。母が勉強好きな女だったことは、たしかなようだ。

結婚当時は、父は北九州の若松のバプテスト教会の牧師だった。ここで、父は街頭で廃娼運動をやっていて、右翼にステッキで片目をつかれ、かなりの重傷で、一時は、両眼とも失明するかもしれない、と危ぶまれたそうだ。そのころの若松は、筑豊の石炭の積出港で、北九州でもとくに気っぷのあらいところだったのだろう。

だが、そのはなしを、父の口からは一度もきいたことはない。みんな、母がはなしてくれたことだ。

父は、過去のことは、ほとんどはなさなかった。過去はすてたといったふうでもなく、ただ、たんに興味がなかったのだろう。右翼にステッキで目をつかれ、それが、じつはずっと尾をひいて、晩年の父は目が不自由だったのだが、そんな事件は頭のなかになかったのではないか。

だいたい、ポロポロやってると、うしろはふりかえらないようだ。うちの教会では、ポロポロを受ける、と言う。しかし、受けるだけで、持っちゃいけない。いけないというより、ポロポロは持てないのだ。

持ったとたん、ポロポロは死に、ポロポロでなくなってしまう。あのとき、玄妙なありがたい御光をうけ、それを信仰のよりどころにし、一生だいじに……なんてことを、ふつう宗教では言う。

だが、ポロポロは宗教経験でさえない。経験は身につき、残るが、ポロポロはのこらない。だから、たえず、ポロポロを受けてなくてはいけない。受けっぱなしでいるはずのものだ。見当ちがいのたとえかともおもうが、これは、断崖から落ちて、落ちっぱなしでいるようなものかもしれない。

それに、また、ポロポロを、いつも、たえず受けいれる心構えができてるかどうかといったことでもない。

心構えの問題ならば、一定のそういう心構えに、つまりはセットしておけばいいかもしれない。だが、ポロポロは心構えではない。

たえず、ポロポロくる。それを、たえず、ポロポロ受ける。うしろなんかふりむいてるヒマはないのではないか。忙しいと言えば、この世のものではない忙しさだ。

その後、父は東京の千駄ヶ谷の組合派の教会の牧師になり、ここで、関東大震災がおこる。関東大震災のとき、ある高名なキリスト教者が、朝鮮人が襲撃してくるという噂に、木刀をもって自分の家の縁側でがんばっていたというはなしを、最近きいた。この人には家や家族を守る気持があったのかもしれないが、ぼくには、このはなしは信じられない。

父は震災がおきると、信者の家をたずねてまわったり、とにかく、あちこちとびまわっていたらしい。そして、朝鮮人が襲撃してきたら、ぶっ殺してやると、街角で竹槍をもって立ってる人たちに、それはデマだ、朝鮮人を竹槍で刺したりするな、と父は説得しようとして、なんども、竹槍で突き殺されそうになったのだそうだ。

これも、先生のやることには、まったくはらはらしましたよ、と信者たちが心配していたことを、母からきいた。だが、このことでは、たぶん一度ぐらい、父が、「朝鮮人が攻めてくるなんて、バカらしい！」と言ったのをおぼえている。

もともと、父はオッチョコチョイなのだろう。人間がもったいぶるほど、宗教には相反するはずなのに、逆に、宗教界には、わるく言うともったいぶった、荘重な人がおおい。

また、はなしはちがうかもしれないが、たとえば明治の高名なキリスト者について、クリスチャンであると同時に日本武士だった、といったことを言うひとがあり、それが、誉め言葉みたいにおもわれているのが、ぼくはふしぎでしょうがない。

クリスチャンはクリスチャンでいいではないか。クリスチャンはクリスチャンでじゅうぶんなはずだ。クリスチャンと日本武士とが同居できるなんて考えるのが、甘い考えだ。また、たんに論理の問題にしても、クリスチャンであり武士だったというようなことは、論理の明快さを濁す。

いや、人間については、論理的に明快にはいかないもので、あのひとは、事実、クリスチャンにして武士で、ただ事実のままを言ったにすぎない、とおっしゃるかもしれない。

しかし、それが誉め言葉みたいになっているのが、ぼくにはふしぎなのだ。くりかえすが、なぜ、ただのクリスチャンではいけないのか。また、屁理屈を言うようだけど、クリスチャンにして武士というのは、そのひとがクリスチャンとして足りないか、あるいは、武士として足りないことではないか。

あのひとはクリスチャンにして武士だ、なんてことを、当の御本人がきいたなら、その人がぼくの想像してるような人ならば、「うーん、私はまだ武士が残っていたのか」と反省したのではないか。

関東大震災から二年後、大正十四年(一九二五年)にぼくは生れた。そのとき、母は四十六歳か、たいへんに晩い初産だ。そして、ちょうどぼくが生れるころから、父はポロポロがはじまったらしい。

父の千駄ヶ谷の教会は神宮の森に近く、父は神宮の森にいっては、祈っていたという。これは、ぼくのかってな想像だが、父は、「信仰があやふやになり、不安でなりません。ああ、神さま、どうしたことでしょう? どうなるんでしょう? イエスさま、どうにかしてください」となやんで、うったえていたのではないか。

牧師のくせに信仰があやふやになったと言っても、父は世間のことのため、たとえば金もうけとか、あるいは出世のために、信仰があやふやになったのではあるまい。

もっと根本的なことで、今まで、自分が信仰とおもっていたものが、はたして、ほんとに信仰なのだろうか、という疑問となやみだったのではないか。

そんなふうに、苦しみながら祈ってるときに、父はポロポロがはじまったのだろう。それは、その瞬間、見よ、天は開け、なんていわゆる劇的なものだったのではあるまい。だいぶ前から、どうも、ぼこんぼこん、なにかがつきあげてきて、そのたびに、祈りの言葉もとぎれ、こりゃ、おかしいな、とおもっていたのが、ひょいと気がつくと、ポロポロわめいていた、といったぐあいではなかったのか。

どうも変だ。自分は病気じゃないかという気がしていたのが、こりゃ、ほんとに病気だよ……はじめは、父はそんなふうにおもったのかもしれない。

そして、父は嘔吐したあとのように、つっかえていたものが、とり払われた感じとともに、その嘔吐のつまりは非理性的なみにくさに、おそれ、おののき、不安になったのではないか。

また、父は自分が祈りの言葉を失ってるのにも気がつき、失った言葉をとりかえそうとするのだが、口からでるのはポロポロばかりで、といったことではなかったのか。

祈禱会はおわり、母はわるい足にかけた座布団をとって立ちあがり、ぼくも腰をあげて、さきに廊下にでた。

廊下をあるいてきたぼくは、玄関で立ちどまり、母はぼくのうしろをとおって、台所にいった。台所でお茶をわかすためだ。

ぼくが玄関で足をとめたままになっていたのは、玄関のガラス戸がしまっていたからだった。

礼拝や祈禱会のあとで、母がお茶をいれてだすというような習慣はなかった。だが、その日は父のほうの祖父の記念日だった。記念日というのは命日みたいなものだが、きょうは、死んだおじいさんの記念日だから、いっしょにさんびしてやってください、といったことを、祈禱会のポロポロのはじめに父が言うだけのことで、ぼくは命日というのは知らないが、やはり、だいぶちがうのではないか。

暗くなってから、ぼくが山をおり（という言いかたを、うちの者も教会の人たちもした）、また、山にのぼってきたのも、おじいさんの記念日なので、町におセンべかなにかを買いにいったからだ。

おじいさんの記念日だからといって、いつも、おセンベかなんかを買ってきたわけではない。ぼくがおぼえてるのも、この祈禱会の夜ぐらいだ。しかし、うちの者のほかは信者は一木さんひとりで、ぼくの勉強部屋でやる祈禱会だし、あとで、おセンベでもたべてということになったのだろう。もっとも、一木さんはおじいさんを知らないし、ぼくもおじいさんの顔は知らない。また、父が死んだおじいさんをしのんで、なにかはなすということもない。ポロポロのあと、ま、おセンベでもかじってというぐらいのことだったのではないか。

その夜、ぼくは、いくらか遠くまで、おセンベだかなんだかを買いにいったような気がする。そのとき、ぼくが中学四年生で、昭和十六年の初冬ならば、もうモノのないころで、おセンベでも、あそこまでいかなければ買えないといったことではなかったのか。夜の町も暗かった。

しかし、ぼくがおセンベだかなんだかを買ってかえってきたとき、うちの石段の上であった人は、いったいだれだろう？　その人のために、ぼくは玄関のガラス戸をあけておいたのに、その人はうちにはこなかった。そして、ぼくがあけておいた玄関のガラス戸はしまっていた。

ぼくは、わりとしつこく、妹にもたずねたが、妹は、ぜったい、玄関のガラス戸などしめてないと言う。ぼくがかえってきて、玄関のガラス戸があく音はきこえたが、しまる音もきいてないそうだ。

その人はソフトをかぶり、二重まわしを着て、足もとがなんだかおぼつかなく、ぼくは、一木さんだとばかりおもっていたが……とぼくははなし、一木さんはそれをきいて、ポロポロつぶやいた。

父はおセンベをたべながら、「酔っぱらいだろう」と言った。しかし、夜のこんな時間のこんなところに、酔っぱらいがまぎれこんでくることは、あり得ない。

ぼくがそうくりかえすと、父は、「じゃ、おじいさんだ。記念日だから、おじいさんがきたんだよ」とわらい、一木さんはポロポロやり、頭をふった。一木さんには、ポロポロやっては、頭をふる癖があった。

とんでもない考えのようだが、ぼくは、父が言うとおり、あの人が死んだおじいさんだとすると、いちばん合理的のような気がした。

酔っぱらいなんかくるわけがないが、もしあの人が酔っぱらいだったとしても、ひとの家の前までできて、そっと玄関のガラス戸をしめていったりするだろうか。

合理的なユーレイなんておかしいけど、そうとしか考えられない。

しかし、「記念日だから、おじいさんがきたんだよ」と父がわらい、そのあとの（これも、前後というものはないのだろうが）ポロポロで、ふつうの言葉でいうユーレイも、それこそ、ぽろぽろっと消えてしまった。

石段の上でぼくがあった人が死んだおじいさん（それが、いちばん合理的だが）だったとしても、そうでないにしても、ただポロポロなのだ。

このことを、あとで、父がはなすのをきいたことはない。物語好きの母も、まるっきり忘れてしまったようだ。

戦後、一度ぐらい、ぼくはあの夜のことをもちだしたかもしれないが、父は、「へえ、そんなことがあったかなあ」と言ったぐらいだろう。

ぼくは父とあまり話をしなかったのではない。こんなによくしゃべる父子は見たことがないよ、と母があきれてたくらいだ。

くりかえすけど、父にとっては、死んだおじいさんが、記念日の祈禱会の夜にやってきたとしてもポロポロ、ちがう人だとしてもポロポロで、ただポロポロなのだ。

北川はぼくに

死んだ初年兵は、夏衣の胸の物入（ポケット）に箸をさしていたという。「箸か……」ぼくはすこしわらった。北川もわらったような顔になった。

箸のことでは、ぼくたちは、なんどもおこられた。一列にならばされて、つぎつぎに、胸の物入から箸をぬきとられ、ほうりなげられたりした。国軍の兵士が、乞食みたいに胸の物入に箸をさして……とおこられた。

いつごろから、ぼくたちは、胸の物入に箸をさしたりしだしたのだろう？　あんがい早くからかもしれない。

昭和十九年の十二月二十四日ごろ、ぼくたちは山口の聯隊に入営した。この年から、徴兵年齢が一年くりあげになり、ぼくたちは満十九歳で兵隊になった。志願兵などをべつにすれば、いちばん若い兵隊で、いちばん最後のほうの兵隊だ。

山口の聯隊には、五日間だけいて、九州の博多港から朝鮮の釜山にいき、列車で朝鮮半島を縦断、当時の南満州をよこぎり、山海関で中国にはいり、天津、済南、徐州をへて、浦口で列車をおり、揚子江をわたって、南京の城外のワキン公司《コンス》というところにいれられた。

ワキンというのは日本語風の発音だろうが、どんな文字かはしらない。もとは英国系資本の紡績工場だということだったが、広い敷地に大きながらんどうの建物がいくつもたっていた。

このがらんどうの大きな建物のなかに、中国の各地にはこばれていく兵隊が、コンクリートの床いちめんに毛布にくるまって寝ていた。

ぼくたちが、さいしょにいれられた建物は、日本軍の爆撃で屋根がふっとんでいて、夜のあいだ降っていた雪のため、だだっ広いコンクリートの床にいちめんに寝ている兵隊たちが、朝になると、雪が降った畑にころがったイモかなんかのように見えた。いや、イモにしては数がおおすぎたかな。

ここでの飯上《めしあげ》（食事）は、時間がまちまちというより、アサ、ヒルの区別もなかった。夜中の飯上ということもあった。

ここにいる通過部隊の兵隊の数がおおすぎて、それに、あとからあとから増え、炊事が間にあわないので、おくれるのだ、ともきいた。逆に、飯上がおわったとたんに、また飯上ということもあった。

飯上にいってもらってきたメシと汁（副食はたいてい汁だった）を各人にわけるのは、

ぼくの分隊では、いつの間にか道田の役になっていた。

メシや汁の量の多いすくないはケンカになる。道田は、それを、パッパッと調子をつけてやり、みんなもその調子にのせられたみたいで、あまり文句はでなかった。

もっとも、道田はやったら、やりっぱなしといったところがあり、じつは、そういったところも、ぼくは気にいっていた。道田は兵隊になる前はちんぴらヤクザだったのではないかとおもう。

しかし、道田が飯上のくばり役だったというのは、ぼくたちが列車で輸送されていたときの、おわりの八日ぐらいと、ワキン公司でも、二日ほどだろう。

道田は死んでしまったのだ。ワキン公司にはいって二日目ぐらいに、ぼくたちは演習にいった。演習といっても、十なん日かかった列車輸送のあとのからだならしていどの予定だったにちがいない。

演習にいったさきは南京郊外だったのだろう。冬枯れの丘や畑などがあった。

そして、そこに着くとすぐ、米軍機の爆撃がはじまった。爆撃されてるのは南京城内のどこかだったらしいが、ぼくには、はるか前方のほうというだけのことだ。

それで、たぶん、演習中止ということになったのだろう。これは、ありがたかった。

ぼくたちは、丘の斜面に腹ばいになって、爆撃を見ていた。ぼくは爆撃を見るのははじめてだった。

バクダンも見えた。バクダンは、空中をぽろぽろこぼれてきて、しろっぽいような色からうすいベージュにかわった。いや、色がかわるというより、なんだかぽろぽろ空中にこぼれてたみたいなバクダンが、すーっと、おちるカッコにカッコがきまっていくときに、しろっぽい輪郭にうすいベージュの色がつくといったぐあいだった。

そして、ふっとバクダンは見えなくなり、みじかい間があって、火柱、そして煙がたち、ドーンという音がきこえた。

B29の爆撃だと言われたようなおぼえがあるが、B29爆撃機の姿の記憶はない。バクダンは見えてるのに、B29のほうが見えないってことはないだろうが、記憶にはない。

そのうち、だれかが、B29のバクダンのことを、シラミの卵だな、と言いだして、ぼくたちはくすくすわらった。

遠くに見えるB29のバクダンはちいさくて、かたちがシラミの卵に似ているだけでなく、その色ぐあいに、なにか実感があった。

さっきも言ったように、バクダンは、はじめは透明っぽく、それがおちながら、すーっと色がうきあがってくる。シラミの卵も、順序は逆かもしれないが、透明っぽいときと、色がつまってくるときがあるようだった。

しかし、あのとき、もう、ぼくたちにはシラミがいたのだろうか？　いたんだろうなあ。でなければ、B29のバクダンのことを、ありゃ、シラミの卵だな、という冗談もでてこない。その後、ぼくたちはシラミとの毎日みたいなことになった。シラミになやまされたという言葉ではたりず、また、そんなよそよそしいものでもなかった。

B29の爆撃を見てるあいだに、道田がおかしくなった。ぼくたちは丘の斜面に伏せて（地面はつめたくて、寒かったが、ま、のんびり腹ばいになり）爆撃を見ていたのだが、とつぜん、道田がさけび声をあげ、あおむけにころがって、ばたぐるいだしたのだ。目もひきつっていて、こちらの言うこともわからない。

ここにくるときは、道田もちゃんとあるいてきたのだから、これは、まったくとつぜんのことで、しかし、尋常な病気でないのは、だれにでもわかった。

かえりには、だれかが道田をおぶったりしたのだろうか。ぼくもおぶったかもしれない。おぶっても、道田はあばれて、おぶいきれず、ぼくの背中からずりおちたような記憶もある。

ワキン公司のコンクリートの床にころがってる道田の姿は、おぼえている。もと紡績工場の大きな建物の出口ないし、建物の外のコンクリートの上によこになった道田のまわりを、将校たちがぐるっととりまいていた。

この将校たちは軍医だそうで、こんなにたくさんの軍医があつまってるのを見たのは、このときぐらいではないか。

軍医の将校たちは、みんな軍刀をつって、長靴をはき、それに、将校服がいやにグリーンっぽく見えた。グリーンというか、青っぽくというか、ま、グリーンのほうだろうが、将校服の生地の色の上に、グリーンっぽくひかってるようなぐあいだ。

おそらく、新品の将校服だろう。軍医たちは道田をとりまいて、ただつっ立ったきり、ほとんど口もきかず、道田は、陸になげあげられた魚が、もう弱って、死ぬまぎわみたいに、あばれかたもちいさくなり、ときたま、びくっとからだを反らしたりするだけだった。いや、兵隊が魚に似たりするわけはないが、弱りながらも、道田のびくっというからだの反らしかたは、ニンゲンばなれがしていた。

ぼくたちの部隊では、道田が南京脳炎によるさいしょの戦病死で、あとで、中隊はちがうが、小学校のときなかのよかったオッチョコ（チョイ）というあだ名の高橋や、なぜかワニというあだ名だった中学の同級生の谷口なども、南京脳炎で死んだ。

箸を上衣の物入にさしてもちあるいていたのは、もう、このころからかもしれない。いったさきで、メシがでたとき、いつも、箸をもっていなければ、メシを食べおくれるということもあったのだろう。

だが、ちゃんとした箸などあるわけがない。だから、たとえば、この演習のときでも、もとの紡績工場の宿舎からでて、はじめて、郊外のほうにもきたのだし、そこいらの雑木の小枝をおって、胸の物入にさしたといったことだったのではないか。

道田をかついでワキン公司にかえってくるぼくたちの胸の物入にも、箸の長さにおった小枝が二本、つっこんであったかもしれない。

そういうことを、わりとひとよりさきに、ぼくはおもしろがって、やった。死んだ道田や、やはりはやばやと死んだオッチョコの高橋も、そんなことをおもしろがるほうだった。

ともかく、ぼくたちは、兵隊になりたてのときから、そこいらでおってきた小枝を、箸のかわりに、胸の物入にさしてあるいてたのだ。

死んだ初年兵は、どこの部隊の兵隊かわからなかったらしい。それなのに北川は初年兵と言ったが、初年兵だろう。初年兵は見まちがえようがない。それに、初年兵でなければ、胸の物入に箸などさしてはいない。

やはり、雑木の小枝をおったような箸だったかとは、ぼくは北川にきかなかった。わかりきってることだからだ。

しかし、どこからかふらふらやってきた、どこの部隊の兵隊かもわからない初年兵が、ぼくたちとおなじように、胸の物入にそんな箸をさしていたというのはおかしい。小枝をおって箸のかわりにし、胸の物入にさしてあるくことは、だれかを見習ったわけではなく、ぼくたちの発明だった。それを、どこの部隊の兵隊かわからない初年兵がおなじことをやっていたという。北川から箸のことをきいたとき、ぼくがすこしわらったのは、そのためかもしれない。

死んだ初年兵は銃ももたず、帯剣もしておらず、そんななさけない恰好で、ほんとに、どこからきたのだろう。

「……冬袴《ふゆこ》をはいとったよ」

北川は言葉がきれて、すこしたってから言いたした。そのときは真夏だ。真夏に冬袴(冬のズボン)をはいていたというのは、冬袴のときから、その初年兵は部隊をはなれ(たぶん逃げだし)ふらふらあるいていたのだろうか。

しかし、北川が……冬袴をはいとったよ……と言ったのは、ほかの物は夏物だったのか。いや、ぼくは、その初年兵の夏衣とか上衣の胸の物入とかかってに言ったが、じつは、その初年兵は夏衣も冬衣も上衣は着てなくて、襦袢だけを身につけてたのかもしれない。そして、冬袴をはいていたのが、北川の目についたのではないか。

冬袴ときいて、ぼくは、その初年兵の冬袴のお尻のところが、キャラメルでもくっついたみたいに、てらてら、かたくなってるのが見えるようだった。

戦争が長くなって、キャラメルなどもなくなったというより、キャラメルなんかが食べられないことが、戦争だという感じだったが、軍袴のお尻のところが、そのキャラメルがくっついたみたいになっていたりする。

これは粘液便のせいだ。ぼくたちは、れいのワキン公司にいたあと、南京城内にうつり、それから、蕪湖というところまで貨車でいき、揚子江の上流のほうにむかい行軍をはじめた。

そして、行軍をしてるあいだ、下痢をしてる者は、ちょこちょこかけていって、道ばたでしゃがみながら、冬袴をずりさげ、便をした。

冬袴の下にはフンドシなどはしめておらず、冬袴をさげると、肉《み》のない尻がでて、たいてい、その尻をさげて、しゃがみこむ前に、尻のあいだから、ぽとぽとっと、洟のような粘液便がおちた。

それは洟みたいに半透明で、実際、洟に似ていた。こいつが、冬袴をずりさげるのが間にあわず、冬袴のお尻にくっついたり、冬袴をさげるのも、もうめんどくさかったりすると、だんだん、かさなって、かわいて、キャラメルでもくっつけたみたいになる。

夏袴のときでもおなじことだが、冬袴のほうが生地があついので、よけい、冬袴のお尻のところに、キャラメルでもくっつけた感じがするのだろう。

行軍の途中で、ちょこちょこはしっていき、軍袴をさげ、すると即、尻がでるというのは、ユーモラスのようなながめだった。しかし、いくときは、ちょこちょこはしっていきながら、軍袴をずりさげかけて、前につんのめり、うごかなくなる者もいた。

「……八月十五日の夜じゃった言うんじゃがのう」

「これも、言葉がきれたあとに、北川は言った。あとで、あれは、八月十五日の夜だった、ということになったのだろう。

「……八月十五日か……」ぼくはくりかえし、ふうん、と鼻から息をはきだしたが、ほかのことは言わなかった。北川もだまっていた。

言わないのが、北川へのおもいやりというのでもあるまい。言ったって、しょうがない。なにか言うとウソになる。いや、ぼくだって平気でウソをつくが、あのときの北川はウソがききたそうな顔ではなかった。

その夜、犬が鳴いて、北川は分哨の歩哨台にあがっていった。歩哨台という言葉をつかったが、望楼みたいな大がかりなものではない。北川の分哨は鉄道の線路を見おろす、ちょっと小高いところにあり、そのなかでも、でこぼこにすこし高い場所に、ちいさな鐘突き堂のような歩哨台があったのだ。

北川の分哨は山本伍長以下五名で、ぼくたちの中隊の分哨では、大きくもちいさくもない分哨だった。

ぼくたちの中隊は鉄道警備がおもな任務の中隊で、湖北省よりの湖南省のはしのほうにいて、鉄道の線路の近くに、いくつか分哨があった。たいてい、ちょっと小高いところだ。

どの分哨でも、犬を飼っていた。なにかのけはいがあると、犬は吠える。闇夜などは、犬にたよってるようなぐあいでもあった。

しかし、犬が吠えるのは、人のけはいばかりではない。そこいらには、鳥や動物もいる。

たとえば、ノロもいた。ぼくはノロを見るのは、生れてはじめてで、ふしぎな気がした。シカみたいなウサギみたいな、ふしぎな動物なのだ。

そんな動物が、目の前を、ぴょーんと跳ねてとんでいくのが、ほんとにふしぎな気持だった。

ひとつは、ノロが跳ねてはしっていく丘陵が、内地とおなじようだったからかもしれない。

ぼくたちの中隊には七年兵の古い兵隊もいて、中国のあちこちをあるいたという七年兵が、こんなに内地の景色みたいなところはない、と言っていた。ぼくたちがいたあたりには、高い山はなく、ぼちぼちの丘陵だが、松がはえていて、草なども、日本内地で見かけないようなものはなかった。そして、小川の水がきれいなのだ。こんなことは、中国ではめずらしいらしい。

そんな風景のなかを、ノロがぴょーんと、ぴょーんと跳ねていく。もちろん、犬はノロにも吠える。

北川も、またノロか、とおもったそうだ。「ほいじゃが、犬が吠えて、見にいかなんだら、おこられるけんのう」と北川は言った。

歩哨台にあがると、やはり、ノロがはしってたという。

「くそっ、ノロか……と見ちょったら、いっこん（一匹）とんできたあとから、またいっこんとんでくるんじゃ。ほいたら、またいっこんとんできてのう。その尻《けつ》に、もういっこんとんどる。二こんずつで、鬼ごっこをしよるんよのう。ありゃ、サカリかもわからんのう」

北川は、ノロがとんでおよいどる、という言いかたもした。「およぐ？」ぼくはききかえした。

「ノロはとぶいうても、とんだらおりるかおもうたら、まだ、すーっと浮いとるじゃろうが。わしゃあ、ノロが魚に見えるんじゃ」

「四足の魚かあ」

「昼はのう、そがいでもないんじゃが、夜はのう、月夜はのう、そこいらが海の底のようなんじゃ。あーおい水があってのう」

ところが、四匹のノロがとんでいったあとに、みょうなものが立っていた。そして、それが分哨のほうに近づいてくる。海の底の水のなかの藻みたいに、それはゆらゆらゆれてるようで、しかし、あきらかに、こちらにやってくる。ニンゲンで、ほそく長く見えた、と北川は言った。

北川は、なんどか、とまれ、とまれ、とどなり、「班長殿、上等兵殿……だれかきます。とまれ！」とさけび、発砲した。

北川は夏袴ぐらいははいていたとしても、上半身は裸だったかもしれない。そして、犬が吠えるのをきいて、片手に銃、片手に弾薬盒のついた帯革（ベルト）をもって、歩哨台にいったのではないか。発砲すると、相手のゆらゆらしたからだが、ふわあっとうしろにうごき、たおれた。北川は二発目は撃たなかった。

「おとろ（怖）しかったんか？」ぼくはたずね、北川は頭よりも顎をうごかすようにして首をふり、そうやって考えてるみたいに、いんにゃ、と言った。

「よう、（弾丸《たま》が）あたったのう」

ぼくは北川の顔を見ないわけにはいかないので、見ながら、つぶやいた。

昭和十九年の十二月末に、ぼくたちが内地をでて、湖南省のはしにいた部隊にたどりついたのは五月のはじめだった。射撃訓練などは、ほとんどしていない。初年兵で人を撃ったりしたのは、おそらく、北川ぐらいだろう。

その一発で相手が死んだというのは、相手がよっぽど運がわるかったというより、運がきまりすぎてるみたいだ。

死んだのが日本軍の初年兵だとわかって、いやな気持だったか、などとは、ぼくは北川には言わなかった。くりかえすが、言ったってしょうがないもの。ひとを撃ち殺したりするのに慣れていたせいもあって、というのではない。終戦まで、ぼくたちが中隊にいたあいだ、中隊ぜんたいでも、だれかを撃って殺したというようなことはなかった。

かと言って、海の底のうすあおい水のなかをおよぐようにノロがとんでいき、そのあとに、ゆらゆら、ほそ長いニンゲンが立っていて、それがこちらに近づき、発砲したら、たおれて、死んでいた……なにかの幻想か、夢のなかのできごとのようだというのでもあるまい。

夢や幻想ではなく、事実だもの。しかし、事実だからこそ、事実そんなことがおこったというのはわるいし、そういう言いかたには、なにかゴマカシがありそうだが、事実、そんなことがおこったのだ。

しかし、どうして、北川はそのことをぼくにはなしたんだろう?

終戦後一月《ひと》ぐらいして、ぼくは中隊にかえってきた。アメーバ赤痢で入院していたのだ。そのころには、このことは、中隊の者はみんな知っていたが、ぼくは中隊にもどってきたばかりで知らないから、北川はぼくにはなしたのか。

だけど、このことを、北川は手柄話みたいに、終戦までほかの分哨にいた初年兵たちにはなしてきかせたとはおもえない。おもえないではなくて、そんなことはない。

北川とぼくとは、そんなに親しかったわけではない。現地の部隊につくまでも、おなじ小隊だったが、おなじ分隊ではない。これは、輸送中の仮りの分隊で、中隊といっても、初年兵を受領にきた曹長と伍長がいるだけで、分隊長と称しているのはおなじ初年兵だった。

ぼくたちは、兵隊になりたてのときから、そこいらでおってきた小枝を、箸のかわりに、胸の物入にさしてあるいていた……とぼくは言ったけど、そんなふうに、初年兵ばかりがぞろぞろあるいてたようだったので、雑木の小枝を箸がわりにして、いつも、胸の物入にさしてあるいたりしたのだろう。ぼくたちは、まだ兵隊になってなかったのだ。ちゃんとした内務班にいたりしたら、こうはいかない。

まだ兵隊になってないまま、湖南省までの長い行軍がはじまり、蕪湖を出発したその日にたおれて死ぬ者がいたり、粘液便で、冬袴の尻がいちめんにキャラメルをくっつけたみたいになったり、ぼくたちはいわばすれてきた。訓練もなにもうけてないが、ケンカ戦法で戦闘には強い、なんて映画みたいなことではない。ぼくたちは戦闘なぞしたことはない。

中隊でのみじかい教育期間のあいだ、ぼくと北川はおなじ小銃班だったが、このときも、とくべつ親しかったわけではない。しいたげられ、圧迫されてる者ほど、親しい者どうしのむすびつきはかたいなどというが、初年兵みたいなひどい状態では、だれかと親しくなることさえもないのではないか。

そして、北川は分哨にいき、ぼくはアメーバ赤痢で、旅団本部の野戦病院の伝染病棟にいれられた。というといかめしいが、バラックのお粗末な建物で、アメーバ赤痢の患者はぼくだけなので、ひとりで掘立小屋みたいなところにいて、たいへん気らくだった。今、気がついたのだが、旅団ぜんぶで、アメーバ赤痢にかかってる者なんか数えきれないぐらいいただろうに、あのとき、どうして、ぼくはたったひとりのアメーバ赤痢患者だったのだろう?

ここで、ぼくはマラリアがおこった。熱帯熱とか二日熱とか三日熱とか、周期のちがういろんなマラリアがみんなそろっているマラリアだ、と軍医はめずらしがり、蚊にさされて、ほかの者にうつさないように、ぼくはひとりで蚊帳にいれられた。

ある日、午後だったとおもうが、福田という初年兵が蚊帳のそばにきて、「おい、これじゃ」と両手をあわせて拝む真似をした。

「なんじゃい?」なんのことかわからずに、ぼくはたずね、福田は、戦争が負けたらしい、と言った。ちいさな声で、あたりをはばかる声だったのだろう。その日が八月十五日だったかどうかはわからない。一、二日あとだったかもしれない。

福田はちいさなやつで、なんの病気だったのか、もうほとんど肉がないみたいで、大病をしたあとなどは、ぼんのくぼのあたりが、えぐりとったようにへこんでるものだが、福田のは、背骨のおわりから、あからさまなホネのかたちをした首骨がのび、そのさきにドクロの頭がくっついていた。

今どき、福田みたいのが目の前をとおったら、みんなギャッとさけぶか、さけび声もでないで、ポカンとするだろう。

ぼくは床の上に蚊帳を吊って寝ており、福田は地面にかがみこんで、こちらにむかって手をあわせてるので、ほそいホネになってのびてる福田の首を見おろし、ぼくは、いくらかこっけいな気がした。

福田はホネ猿というあだ名で、ニューギニアかどこかの土人が首狩をしてきた生首を、ミイラにしていく段階で、どんな方法かでだんだんちぢめて、ミニ首にするというはなしをきいたが、福田は病気と栄養失調で、生きたままちぢまって、縮人間になり、もともとチビがそうなったので、どうみても人間のサイズには合わず、だから、ホネ猿というあだ名ができたのだろう。

ホネ猿の福田が、地面にしゃがんで、両手をあわせてる恰好も、グロテスクな意味ではこっけいかもしれないが、そんなものではない。

福田の思い入れが、ぼくにはこっけいだったのだ。額にホネの皺をよせた顔や、肉がおちて、ドクロの目の大きさになりかかった目にも思い入れがある。だいいち、両手をあわせて拝むというのが、思い入れたっぷりの恰好だ。

もっとも、こんなことは、福田の周囲ではふつうのことだったともおもえる。たとえば、福田は子供のとき、親から叱られると、こらえてつかあさい、とこんなふうに両手をあわせていたのかもしれない。それにしても、目の前でどなりつけられ、ぶったたかれたのではない。ぶったたかれて、おもわず、こらえてつかあさい、と両手をあわせたのとはちがう。戦争が負けたらしい、ときかされただけのことだ。

戦争が負けたときけば、だれだってある感慨をもち、思い入れの顔つきや言葉にもなる、それがふつうだ、と世間では言うだろう。

しかし、だれだってそうかもしれないが、ぼくはなんともおもわなかった。くやしいとも、なさけないとも、逆にほっとしたとも、なんともおもわなかった。これからさきどうなるのかという不安もなかった。

ぼんやりしたわけでもない。へえ、負けたのか、と、ごくふつうにおもっただけだ。これも、ぼくがだれかとスモウをとって、負けたのではない。戦争に負けたということなのか、とおもったのにすぎない。諦観的というのでもない。とにかく、なんともおもわなかった。

戦争中、兵隊にとられた者は、これも、だれだって死ぬことを考えたという。だが、ぼくは、死ぬことなんか、ぜんぜん考えなかった。だったら、自分だけは生きてかえってくるとおもったのかというと、そんなこともなにも考えなかった。

自分がそうだったためかもしれないが、ぼくたち初年兵仲間も、死ぬことなんか考えてる者はないようだった。内地からはこばれて、南京に着くとすぐ死んじまった道田もオッチョコの高橋も、死ぬことを考えていただろうか。

くりかえすけど、戦争に負けたとなると、だれにでも感慨があり、思い入れもでてくるのかもしれないが、ぼくはなにもおもわなかった。そして、北川があのことをはなしたときにも、北川に思い入れみたいなものはなかった。

終戦後一月《ひと》ぐらいたって、ぼくが中隊にかえってきて、北川からあのことをきいたころは、へんにうきうきしたときだった。

戦争に負けたときのいちばんの不安は、それまで、自分たちは中国人にさんざんひどいことをしてきたから、こんどは、自分たちがひどいめにあうのではないかといったことだったのだろう。（くりかえすが、ぼくにはそういう不安もなかった。自分は中国人にひどいことはしていないとおもっていたせいもあるかもしれないが、ぼくだってひどいことをした仲間なんだし、自分がやってないからといって、中国人にひどいめにあわされるのは当然のことなのに、ぼくにはそういう不安もなかった）

ところが、戦争に負けて一月たっても、中国人にひどいめにあわされたというはなしも、ほとんどつたわってこない。あとになって、蔣介石が、怨に報いるに徳をもってせよ、みたいな布告をだしたとかきいたが、えらい人がどんな布告をだそうが、みんながそのとおりにするとはおもえない。しかし、ともかく、ぼくたちのまわりの中国人はひどいこともしないし、なにしろ親しみぶかいのだ。

これは、終戦になる前より、もっと親しみぶかかったのではないか。それまでは、日本兵にはなにをされるかわからないので、親しみぶかくするどころではなかったにちがいない。

それが、日本軍が戦争に負けたので、中国人たちは、平気で、日本兵のところに物売りなどにくるようになった。親しみぶかいと言っても、日本兵にとくべつ親しみをもったわけではなく、平気で、ふつうになったのだろう。

日本兵にはたいへんにふしぎなことだが、ありがたいことだった。ぼくが中隊にかえってきたときは、そんなほっとしていたときだ。

それでも古兵たちは戦争に負けたというのがくやしく、なさけなかっただろうが、初年兵は、そういう気持がうんとうすかったのではないか。

なにしろ、らくだ。分哨にいたときは、昼間は、炊事、洗濯、掃除、銃器の手入れ、斥候（鉄道の巡察）などのほかに、水汲み場所が遠いところならば、水運びだけでも、たいへんな仕事で、そのうえ、夜はすくなくとも二交替、へたをすると、夜じゅう歩哨台に立ってなくちゃいけない。

それが、毎夜の立哨がなくなっただけでも、らくだ。ぼくたちは捕虜の身分になってからも、立哨や不寝番はないわけではなかったが、時間的にはうんとらくだった。

それに、なによりも、そのころは、メシなどは、食べたいだけあった。もっとも、モチ米ばかりで、モチ米をふつうの飯のように炊いたのは、なんだかすっぱくて、腹にもたれ、食べのこしたモチ米飯を藪のなかにすてにいったのをおぼえている。

よけいなことだが、あのころは、戦争に負けたことへのくやしさ、なさけなさといったものは、上級の兵隊と初年兵とではうんとちがってたはずだが、当時の初年兵に、今たずねたら、上級の兵隊だった者と、あまりかわらないことを言うのではないか。それにぶつかったとき、自分が感じたこと、おもったことが、だんだんにかたちを変えて、つまりは、世間の規格どおりみたいになるのだろう。これはふしぎなことだが、世間ではあまりふしぎにはおもってないようだ。ま、そんなふうだから、こんなことにもなるのか。

しかし、どうして、北川はあのことをぼくにはなしたのか？　くりかえすが、北川はだれにでも、そのはなしをしたのではあるまい。もちろん、事情をきかれたときなどは、経過をこたえただろうが、あんなふうにはなしたのは、もしかしたら、ぼくだけにではないか。

だが、前にも言ったように、北川とは、行軍中はおなじ小隊、中隊でのみじかい教育期間に、小銃班でいっしょだったというぐらいで、とくにしたしくしていたわけではない。

ぼくも北川も、瀬戸内海にある軍港町の育ちだが、兵隊になる前には、おたがい知らなかった。

北川は幹候（幹部候補生有資格者）ではなかったから、中学や工業学校などを出ていたわけではあるまい。その軍港町の民間の港のあたりに両親がいるようだったが、兵隊になる前、北川がなにをしていたか知らない。

そのころは、軍に関係した工場や施設、または鉄道などではたらいていた者のほかは、みんな徴用でとられたが、北川は徴用工ではなかったとおもう。徴用工でも、ほとんどはおとなしい徴用工だっただろうが、それでも、ひっぱりだされて集団の生活をしている徴用工には、なにか荒れたにおいがあった。やはり、ヤケッパチにつうじるものだろうか。

北川には、そんなところがまるでなかった。ともかくおだやかなのだ。しかし、初年兵でおだやかというのは、めずらしいことだった。六年兵とか七年兵とかで、たいていの下士官よりもメンコの数はおおいのに、まだ兵隊でいるというような者は、それこそおっとりおだやかにかまえてもいられただろうが、初年兵でおだやかというのは、よくよくのことだ。北川は育ちがいいのではないか、とおもう。親に金や地位がなくても、いい育ちというのはある。ほんとは、そういうのこそ、いい育ちだろう。

北川は色が白く、やさしい皮膚をしていた。そんなことから、人柄がおだやかに見えるのではないかとぼくもおもったが、疑って見なおすと、北川はますますおだやかなのだ。もっとも色白のやさしい皮膚は、もう行軍がはじまったときには、なさけない状態になっていた。

内地にかえってからは、一度だけ、北川とあった。江田島にある高須という海水浴場でだ。ぼくはまたアメーバ赤痢で（マラリアは、ほとんどみんなマラリアだった）中隊をはなれ、終戦からまる一年後の昭和二十一年の八月に内地にかえってきたが、北川にあったのは、それから一年たった夏だった。

なぜわざわざ島の海水浴場へ、とおもうかもしれないけど、北川の家があるもとの軍港町の民間の港からは、島まわりのポンポン船でかんたんにいけるのだ。ぼくの家もこの港からそんなに遠くはなかった。

この海水浴場は潮の流れがはやく、風も強かったが、海の水がきれいで、砂浜も美しかった。このあたりの瀬戸内海の花崗岩のきれいな砂浜は、南方の珊瑚礁の島の砂浜のしろさとちがう(珊瑚礁の砂は焼いた人骨のようなしろさだ)無邪気なしろさがある。

ぼくは、この年の四月から、東京の大学にかよいだしたのだが、夏休みにもなったし、こちらのほうでアルバイトをしようとおもって、かえってきた。進駐軍の炊事場《キッチン》ででもはたらかなくては、腹がへってしょうがない。

高須の海水浴場には、ぼくもだれかときたのだろうか。砂浜の裏の松林のなかをあるいてると、北川に声をかけられた。

だが、ぼくは、よう……と言って、すぐ北川のそばにいったりしなかった。中国の湖南省で北川と別れてから一年半以上もたち、おたがい、なんだかバツがわるいようなぐあいだったのではない。だいいち北川は、ぜんぜんバツわるがってなかった。

しかし、ぼくがすぐ北川のそばにいかなかったのは、北川が、おなじ年頃の連れとオニギリを食べてたからだ。しかも、それは大きな、まっ白なオニギリで、ほんとに、ぼくの目にはまばゆく、そんなところに、のこのこいくわけにはいかない。

ところが、北川は、そのオニギリを食え、とぼくにすすめた。ぼくが食べれば、あんたのぶんがのうなるじゃないか、とぼくはえんりょしたが、わしらは、もう食うたけん、と北川は言う。そのころは、ごくしたしくしている家にいっても、おたがい、食べることはえんりょしたものだ。

それを、兵隊のときでも、そんなにしたしくもなく、また、中国の湖南省で別れてからは、一度もあったことがないぼくに、北川はしきりにオニギリを食えとすすめる。しかも、北川はこんなオニギリぐらい、いくらでも食えるような暮しをしているともおもえない。それは、連れの男のおどろいた顔つきからもわかった。つき合いもないこの男と北川とのあいだは、いったいどういうことなんだろう、と連れの男はふしぎだったにちがいない。

とうとう、ぼくはすわりこんで、オニギリを食べだしたが、そんなあいだに、連れの男はどこかにいってしまった。

どういう連れなのかも、北川はなにも言わない。それどころか、オニギリをたべるぼくを見てるだけで、ぼくにもだまってる。もともと無口な男なのだ。それに、学生仲間なんかとちがい、しゃべらない人種なのだろう。

その北川が、ぽつり、ぽつりだが、自分に撃たれて死んだ初年兵のことを、どうして、ぼくにはなしたのか？

オニギリを食べながら、ぼくはそのわけがわかったような気がした。いや、長いあいだの疑問が、そのとき、ふっと、とけたといったことではない。じつは、はじめから、わかっていたようなものなのだ。

あのとき、北川はぼくにそのはなしをした。それがすべてではないか。オニギリを食べおわると、もう一コ、オニギリを食べろ、と北川は言う。そのすすめ方はしつこいくらいで、こういうしつこさは、学生仲間なんかにはないものだな、とぼくはおもったりしたが、それもちがっているだろう。

北川は、海水浴場でぱったりあったぼくに、ただいっしょうけんめい、オニギリをすすめてるのだ。このことと、あのとき、北川がぼくに死んだ初年兵のことをはなしたのとは、かたちはぜんぜんちがうけど、おなじことだろう。

二コ、オニギリを食べると、残りの一コも、北川はぼくに食べろとすすめたが、もう食えん、とぼくはことわった。食えないことはない。めずらしくありついた、まっ白なオニギリなんて、いくらでも食える。それは、わしらはもう食うたけん、と言った北川や連れの男だって、おんなじだろう。

ぼくがオニギリを食べおわっても、北川はなんにも言わない。ぼくも、北川には、あまりはなすことはない。そして、北川には、あの初年兵のことをはなせないのに気がついて、ぼくは恥ずかしかった。

ぼくは、あちこちで、あの初年兵のことをはなすようになってたのだ。八月十五日の夜、分哨では、まだ終戦をしらず……といった調子で、撃った初年兵もぼく、胸の物入に小枝の箸をさして撃たれた初年兵もぼく自身であるかのような思い入れで、ぼくはしゃべってた。

だが、こんな物語は、北川にはしゃべれない。あのとき、北川がぼくにはなしてくれたのとは内容がちがうというのではない。内容もちがうだろうが、内容の問題ではない。いや、それを内容にしてしまったのが、ぼくのウソだった。あのとき、北川がぼくにはなした、そのことがすべてなのに、ぼくは、その内容を物語にした。

泳がないか、とさそったが、北川は首をふった。わざわざ海水浴場にきて、泳がないというのはおかしい、とぼくはわらったが、北川は、からだがわるいので、と言った。内地にかえって、一年以上にもなるのに、からだがわるくて（北川は病気の名前は言わなかった）ぶらぶらしており、職にもついてないらしい。そう言えば、北川はもとの色白の肌になっていたが、紙に近いしろさで、病人の手足だった。

「兵隊がこたえたけんのう」

北川は、あのときとおなじように、わらったような顔で言った。それからは北川にはあっていない。

岩塩の袋

ぼくたちは、背嚢のなかに岩塩の袋をいれていた。その背嚢も、日露戦争のときの写真でも見なれた、背中があたるところに毛皮を縫いつけた、そして、その毛皮がすりきれているのが、いかにも兵隊の背嚢らしい、あの背嚢ではなくて、ズック製の、いかがわしいとまでは言わなくても、なにか信用がおけないような背嚢だった。

戦争は長く、戦争のおかげでできた代用品という言葉さえも、そのころでは、昔からの言葉のようになっていたけど、これは、代用品の背嚢だろう。

昭和十九年の十二月末、ぼくたちは内地の聯隊には五日間いただけで、この背嚢をしょって、博多港から釜山行の軍用船にのったが、そのとき、ぼくたちは地下足袋をはいていた。

地下足袋をはいた兵隊……これは、ズックの背嚢のいかがわしさなんてものではない。おまけに、ぼくたちは銃をもたず、ゴボウ剣だけぶらさげて、飯盒もなく、竹でつくった弁当箱にメシをつめた。昔の人たちがつかっていた、蓋のまんなかのほうが、こんもり高くなった竹籠の弁当ではない。解体すると、のり巻をつくる巻き簀みたいに、べろんとひろがる竹製弁当箱で、また、すぐだらしなく解体した。(よけいなことだが、今、仮りに巻き簀と言ったけど、あれは、いつも、台所の流しのそばなどにあり、そんなにしょっちゅう、うちで巻き寿司などつくっていたわけではあるまいから、ほかのなにかのためのものだったのではないか。だから、巻き簀という名でもなかったとおもう)

鉄砲をもたない兵隊というのは、いかがわしいと言うよりは、首をかしげたくなるようなものだけど、ぼくには、鉄砲をもたないことより、兵隊で飯盒をもってないということのほうが、気にひっかかった。

鉄砲をもたず、地下足袋をはいて、ズックの背嚢をしょい……兵隊らしくないカッコがなさけない、とぼくはおもったわけではない。鉄砲なんて、めんどくさいだけだ。

これは、釜山から朝鮮半島をとおり、南満州、華北、そして、揚子江の南京の対岸の浦口までの長い列車輸送のあいだに、飯上《めしあげ》(食事)に汁がついてきて……だいたい、軍隊の食事はメシと汁だった……飯盒がないので(たいてい飯盒の蓋に汁をいれた)竹製の弁当箱のメシをいれた上から汁をかけ、弁当箱の底にてのひらをあてがっていても、竹製だから、汁がぽたぽたおちてしまって、なんてバカな、飯盒があったらなあ、とおもったりしたせいかもしれない。

岩塩は、南京を出発する前に、各人にくばられた。もう布の袋のなかにはいっていて、袋の口はきつくむすんであった。この袋の口をあけただけでも、軍法会議にかけられ軍刑務所行きだぞ、と曹長殿は言った。

岩塩の量は、米で三合ぐらいではなかったかとおもう。しかし、塩は重いものだ。終戦後、中国軍に兵器を渡したあと、食料品も渡すことになったとき、ほかの食料品といっしょに、貨車からおろした岩塩の大袋を、鉄道からすこしはなれた倉庫にはこぶ途中、道の両側に笹などがおおいかぶさったせまい山道で、岩塩の袋を一つさしくろう（ドロボーしよう）ということになり、そのとき、初年兵はぼくだけだったし、ぼくが岩塩の袋をしょい、中国兵に見つかればたいへんなことなので、古兵たちもぼくの背中の岩塩の袋をうしろからおしあげたりして、しばらく、必死になって逃げたが、ぼくは岩塩の袋の下におしつぶされてしまった。あんなに重いものをしょったのは、はじめてだろう。しかも、ひとから助けてもらってだ。

ぼくたちは、岩塩の袋を背嚢のいちばん底にいれた。山登りのときのリュックサックなどは、重いものほど上に、そして、しょってるひとのからだに近いほうにおくといいと言う。昔からの背負子《しょいこ》も、薪などをしょった上、首すじにあたるようなところに、重いものをのっけたりした。

だが、軍隊の背嚢の場合は、そんなことはなかったかもしれない。あったとしても、岩塩の袋はとくべつで、背嚢のいちばん奥にしまっておけ、と言われたともおもえる。

この岩塩は、ぼくたちが南京を出発してから、はるか湖南省の現地部隊につくまで、用はない。

——中国の奥地（という言葉をつかった）では塩はひじょうに貴重品である。どんなに貴重かは、内地の海岸線に近いところにそだったおまえたちには、想像もつくまい。だが、人間は塩がなくては生きていけない。ほかの食物には、栄養の面から言うならば、代用するものがある。しかし、塩には代用品はない。だから、おまえたち各自が、岩塩をはこぶのだ。その岩塩が、現地では、どんなに貴重なものか、肝に銘じておけ。だから、途中で、この岩塩をたべてしまったり、そのほか、この岩塩をなくした場合には、きびしい軍罰をうける。これも、肝に銘じておけ。

ぼくたち初年兵を内地までつれにきた輸送隊は、大隊、中隊、小隊、分隊と仮りの隊別ができていて、その大隊の初老の人に見えた大隊長は、そう訓示し、うちの中隊の仮りの中隊長の曹長殿も、おなじことを、なんどもくりかえした。

曹長殿は、ぼくたち初年兵受領のための内地帰還（戦争末期には、こんなことは、めったにあることではない）の際に、郷里で嫁をもらったらしい。ま、結婚するということで、初年兵受領の内地出張をさせてもらったのだろう。

曹長殿は志願の下士候（下士官候補生）あがりで、二十七、八歳、背はひくいが、首すじがふとく、鼻息があらかった。あらかったと言うより、いつも、ふう、ふう、大きな鼻息をたてた。

南京から揚子江のすこし上流の蕪湖までは貨車できた。このときは、もう飯盒を支給されており、ぼくたちは、揚子江の水で飯盒を洗ったりした。このときの、ここでの揚子江の水は赤錆みたいににごっていた。湖南省までの長い行軍を前に、二、三日、英気をやしなうということだったのだ。

だから、のんびりしていたわけだが、のんびりした気分ではなかった。たとえば、行軍の前に、軍衣、軍袴を洗濯しておくこと、と言われた。冬の厚い軍服の上衣とズボンを洗濯しろというのだ。ぼくは不器用で、洗濯はできないし、きらいだ。しかし、これからさきも、初年兵がそんなわがままはゆるされないとはおもったが、軍衣と軍袴の洗濯はサボった。いくら、輸送中とはいえ、それでとおったのがふしぎだ。ま、そういった行軍の準備があったのを、ほかにも、めんどくさくてサボったりして、ぶらぶらしていながら、気分はのんびりしてはいなかったとおもう。

蕪湖を出発した行軍一日目に、二分隊の池田がたおれた。それも、さいしょの小休止のあとだから、行軍がはじまって、二時間もたっていない。

池田は、ぼくのすぐよこで、カクンとうしろにひっくりかえった。揚子江のほとりの、もとはなんだったのか、屋根だけあって、壁はない、がらんとした中国家屋の前に整列して、少尉の大隊長の訓示、中隊長の曹長殿の注意などをきいたあと、歩調トレ、とあるきだして、ほんの三十分ぐらいあとには、もう隊列などはごちゃごちゃで、ぼくは一分隊だったが、さいしょの小休止のあと、ぼくのすぐよこで、二分隊の池田がひっくりかえったのだ。

それは、唐突なことだったが、ガマだな、とぼくはおもった。あおむけにたおれた池田が、ひっくりかえったガマみたいに両足をひろげていたかどうかは忘れた。たぶん、そうではあるまい。

ガマといっても、春先に、縁の下から、ふくれた腹を土にすりつけて、のそのそ這いだしてくるガマではない。縁日のガマの油売りの三寸(台)の上で、内臓を抜かれたからっぽの腹を上にしてならべてある干物のガマだ。

それもひっくりかえった池田の両足のひらきかげんの角度が、このガマの油売りの干物のガマの足の角度に似ていたというより、両足のつっぱった硬直さが、干物のガマをおもわせたのだろう。

あのときは、まだ、池田は生きていたとおもうが、息のあるうちから、死後硬直がはじまったのか。

ともかく、池田がうしろにたおれたことが、やはり意外だったのだろう。学校での教練の行軍のときでも、たおれる者はいたが、こんなたおれかたをした者は、見たことがなかった。

池田はうごかず、ものも言わず、だれかが池田の背嚢をはずしてもち、なん人かで、つぎの小休止の場所まで、池田をはこんでいった。

それっきり、池田は身うごきせず、口もきかず、目は半びらきになったままだったが、その顔や首、手のさきなど、衣服からでているところが、しろい膜でもかぶさったようになっていた。

こまかな汗の玉でもない。なにか粉でもふいたような、きみょうな、ながめだった。

それを見て、いくらかふとった、オジさんといった感じの召集の衛生兵が、「こりゃ、あかん。塩をふいとる」と言った。

疲労が極度になると、からだのなかの塩分が、こんなふうに皮膚の表面にでてきて、こうなると、もうたすからない、とオジさんの衛生兵は、道ばたにあおむけになった池田を見おろしていた。

それにしても、行軍をはじめて、まだ二時間にもならないときだ。だが、行軍出発の前、大隊長の少尉殿の訓示をきいてるとき、ぼくは、こりゃ、どうしようもない、とおもった。背嚢をしょって立っていられないのだ。

ぼくたちが背中につけてるズックの背嚢は、完全軍装のときの目方のはんぶんもないという。しかも、その重い完全軍装で、かけ足につぐかけ足で、戦闘をやるんだぞ、おまえたちのような背嚢でヘバってどうする、と、となりの中隊と合同でなにかやるときなど、よく、ぼくたちは、となりの中隊の軍曹におこられた。この軍曹は、長いあいだ中国戦線にいるのが自慢だった。ぼくの中隊の曹長殿は、あまり戦闘はやってないらしい。しかし、もちろん、完全軍装の行軍の経験はあるだろう。

ともかく、ぼくは、大隊長の訓示のあいだ、完全軍装のはんぶんの重さもないという背嚢をしょって、ほんとに、かろうじてという気持で、立っていた。しかも、まだ、あるきだしてもいないのだ。この行軍は、二ヵ月はかかるという。

池田のことは、塩をふいた池田の顔を見ただけで、どうなったかはしらない。あとになって、池田は死んだというはなしをきいた。無責任なおしゃべりだろうが、池田が死んだことはまちがいあるまい。

塩をふいた池田の顔を見た小休止で、ぼくは赤土の崖の下のようなところにころがって、眠った。眠ったのがわかったのは、小休止がおわって、ゆりおこされたためで、崖をつたわってしたたりおちてくる雨水が、口のなかにながれこんでいた。

ゆりおこされ、ぼくは雨水にむせたが、それまで雨水にむせたりしなかったのは、ぼくの口のなかにながれこんだ雨水が、どんなぐあいにか、口のなかでたまって、また、外にながれでてたのだろう。あのとき、ぼくが眠ったことを、みょうにおぼえてるのは、死んだ経験をしたような気持でもあるのか。

その後も、たおれる者は、なんども見た。毎日のように、あるいていて、だれかがたおれたが、たいてい、うしろにひっくりかえった。

池田のときは、はじめてなので、おかしな気がしたが、唐突に、カクンとうしろにひっくりかえるのがふつうのようだった。

日をおって、粘液便の下痢をする者がふえ、ぼくもそうだったが、道ばたにはしっていって、軍袴をさげながら、前につんのめって、そのままうごかなくなる者がいたけど、これは、軍袴をさげる前に、背嚢をよこにほうりだしていたからだろう。

背嚢をしょったまま、便をする者はいない。そんなことをしたら、それこそ、うしろにひっくりかえるか、尻もちをついただろう。

それよりも、背嚢をしょったまま、便をするなんて、考えられないことだ。便をしてるあいだは、背嚢をしょってたってしょうがないんだから、背嚢はほうりだす。

ほうりだした背嚢をまたしょうのは、たいへんだが、そんなことは、まだ体力が残ってる者の言うことだ。

「小休止！」の声に、背嚢をほうりだすというより、背嚢が背中からすべりおち、道ばたにころがる。背嚢がすべりおちるのに、みごともくそもないが、なんとも、なれたすべりおちかただった。

われわれは完全軍装で、一日七〇キロも行軍したあと、戦闘にはいって、××の城壁によじのぼり……なんて自慢していた、となりの中隊の中隊長代理の軍曹が、行軍で顎をだした。

マラソンで顎をだしたときみたいに、行軍で顎をだすと、ほんとに、顎が前にでる。だが、これは、それでもなんとかあるいてる場合で、つかれはて、ふっと気がとおくなり、からだの力がいっぺんにぬけると、そのとき、顎がどうなるかは見てないが、カクン、とうしろにひっくりかえる。

となりの中隊の軍曹殿はマラリアがでたのだった。ぼくたち初年兵は、十二月末に内地をでて、このときまでは寒い季節で、マラリア蚊に刺されなかったせいか、マラリアの者はいなかったが、これで、マラリアにでもかかってる者がおおかったら、いったい、どうなってただろう。ぼくが、さいしょにマラリアの熱がでたのは、もう、終戦に近いころだった。

ぼくたちは、ほとんど兵隊の訓練もうけず、長い行軍をはじめた。野戦生活が長い古い兵隊でも、行軍ほどつらいものはないと言う。戦闘よかつらい、と言う者もいる。だけど、そんなことよりも、ぼくたちには体力がなかった。ぼくたちが腹をすかしだしたのは、いったい、いつからだろう?

太平洋戦争がはじまる前のことを、戦前とよぶ人がおおいのはしかたがないとして、そんなよびかたを、ぼくたちもしなくちゃいけなくなると、こまる。

太平洋戦争がはじまる前から、ぼくたちは腹をすかしていた。それは、戦争のためだ。そんな戦前ってない。

ぼくたちが兵隊にとられたときは、太平洋戦争がはじまってからでも、丸三年たっている。そして、腹のへりようは、年ごとに月ごとに、これでもかこれでもか、とひどくなっていた。

腹をへらしてるぐらいだから、栄養のことになると、もっとひどいだろう。なん年間もそんなふうでいて、体力がないのもあたりまえだ。

顎をつきだし、がくがく、ひょろつきながらあるいてる、となりの中隊の軍曹殿の鼻の穴から、にょろりとでているものに、ぼくは気がついた。

しかし、それは洟の色はしておらず、くろずんだ濃密なもので、脳が腐ってながれだしたようだった。

そのときではないかもしれないが、これとおなじものを見たことがあるのを、ぼくはおもいだした。

子供のとき、うちで飼っていた雑種の犬が、病気がひどくなったとき、これとおなじようなものが、鼻の穴からでていて、間もなく死んだ。

四分隊の角田も、あるいてるときに、ひっくりかえってたおれ、かつがれたが、ふつうは、たおれて、かつがれた者は、それこそ死んでるようにぐったりしているのに、角田はわめくみたいな声をだした。

角田は幹候（幹部候補生の資格がある者）で、恰幅がいいからだつき、顔つきをしていた。しかし、角田だって、そのころは、みんなとおなじように、からだに肉《み》があったわけではないだろうから、奴凧みたいな、それこそ幅だけの恰幅で、そんな恰幅の顔が、かついだ者の肩の上でわめいていたが、つぎの小休止の場所で、角田を地面におろすと、死んでいた。

軍医殿が行軍におくれたときは、ちょっとユーモラスだった。ユーモラスみたいにおもったのは、その日がいいお天気だったことや、道もわりとよくて、みんな、やっとあるいてるのにはかわりはなく、また、行軍の疲労はかさなってきていても、それなりに、いくらか行軍になれてきたせいもあるかもしれない。

また、軍医殿が、みんなに好かれていたのも、ユーモラスな感じをおこさせたのだろう。これは、軍医殿が好ましい人柄だったというより、みんなが好きになってもかまわない存在だったということも考えられるが、そんなことをあれこれ言ったって、しょうがない。

軍医殿は召集の見習士官で、ぼくたちには初老に見えたが、歳は四十前後ぐらいだったのかもしれない。町医者だったのが、召集され、ぼくたちとおなじように、ほとんど訓練もうけずに、外地に送られたのだろう。

軍医殿が鼻の下にチョビ髭をはやしていたかどうかは忘れたが、町医者のときのチョビ髭を、そのまま、はやしているようなひとだった。

そのときは、あんまりけわしくはない山のなかをあるいていて、道が長く折れまがり、ずっとうしろのほうまで見えた。

だから、軍医殿がごっちゃになった隊列からおくれ、だんだんはなれて、ひょろひょろあるいてるのがよく見えた。

軍医殿はやせたからだを、前かがみにたてて、ひょろひょろあるいてるのだが、あるきかたが、あきらかに、みんなよりおそい。これでは、行軍の隊列におくれ、距離ができてくるのは、あたりまえだ。

それでも、はじめのうちは、一箇小隊ぐらいが、軍医殿のまわりに残っていたけど、それが、一箇分隊になり、あとは、二名の兵隊がそばについていたのをおぼえている。つぎつぎに、軍医殿をはなれて、隊列においついたのだ。

軍医殿だから、ぼくたち兵隊みたいに背嚢はしょっておらず、やせたからだで、隊列からずーっとおくれて、ほんとになんにももたずに、ひょろひょろあるいてる姿は、のどかと言えばのどかだった。

最後にのこった二名の兵隊も、そのうちの一名が軍医殿のそばをはなれて、隊列にいそぎ、あとの一名も、軍医殿をおいて、軍医殿との距離をのばし、隊列へむかってる風景が記憶にあるが、こういうきまった風景の記憶は、逆にあやしい。

だったら、ぼくが最後に見たときは、まだ二名の兵隊は軍医殿のそばにいたかというと、どうもそうではない気がする。

軍医殿が、たったひとりで、ひょろひょろあるいてる姿が記憶にあって、これは、あとで合成された記憶とはちがい、げんに、そこにうっすら砂埃がたってるみたいな、たぶん事実だからこそのあいまいな感じがあるのだ。

ぼくたちは、行軍でおくれ、隊列をはなれたら、命はないぞ、と言われていた。行軍中に、ぼくたちは、敵兵を見たことはない。行軍の一日目、それも、あるきはじめたばかりで、さいしょの小休止にもならないときに、銃声がして、これは敵の銃声だということで、ぼくたちは揚子江の土手の斜面に伏せた。

前にも言ったが、この日は雨が降っていて、揚子江の土手に伏せたぼくたちは、どろんこになってしまった。みんなは、行軍前に、軍衣、軍袴のなんぎな洗濯をやったのに、あるきだして、一時間もたたないうちに、軍衣も軍袴もどろんこになった。洗濯をサボったぼくはトクをしたわけだ。

いや、このときでも、銃声はきいたが、敵兵は見ていない。行軍中だけでなく、湖南省の現地の中隊に配属になってからも、洗濯物を干す川原の（洗濯をするのはいやだったが、川原での洗濯物監視は、夢みたいにらくな時間だった。もっとも、ここで、洗濯物監視をしていて、P51戦闘機に機銃掃射されたこともある）幅二〇メートルぐらいの川のむこうの林は、もう敵地区だということだったが、ここでもどこでも、敵兵は一度も見たことはない。

中国戦線では、敵兵を見ない、というのは有名なはなしで、これが、太平洋戦線だと、アメリカ兵がどかどか見えたそうだ。

そんなふうに、敵兵の姿は見えないけど、行軍に落伍すると、かならず、敵のゲリラにやられる、と言われていて、ぼくたちも、そうだろうとおもっていた。中国大陸で日本軍がおさえていたのは、都市などの、いわば点だけで、ぼくたちは、その点と点とのあいだを、ちいさな、ほそい虫が這うように、あるいていたのだろう。

だから、軍医殿は見すてられたのだ。軍医殿はどうなったのだろう、と、あとで、ぼくたちははなしたりした。行軍中にひっくりかえった者とちがい（この連中のうちで、あとで隊においついた者も、消息がわかった者も一人もいない）、あのとき、軍医殿はひょろひょろあるいており、行軍から落ちていった者を、この目で見たのは、軍医殿ぐらいだから、こんなはなしもでたのにちがいない。

しかし、軍医殿はぶじだった。このぶじだったというのが、ぼくにはおかしいのは、軍医殿がぶじだったことを、ぼくがしったのは、終戦後、掘立小屋みたいな病舎にはいっていたとき、初年兵の衛生兵から、昨夜、召集の軍医が結核で死んだが、ほら、あの行軍のとき、おくれて隊をはなれた軍医だよ、ときかされたのだ。

ぼくも行軍から落伍した。あるいていて、ひっくりかえったのではない。安慶の対岸に宿営した翌朝、行軍に出発する前に、つぎの者はこの地に残る、と名前をよばれたなかに、ぼくの名があったのだ。ぼくが粘液便の下痢をしていたからだろう。

これはたすかったが、部隊のほうだって、伝染病はこわいし、行軍中にひっくりかえられて、背嚢をもったり、かついでいったりするのはやっかいだっただろう。

しかし、ほっとした顔をするわけにはいかない。残された者は大隊ぜんぶで二十人ぐらいはいただろうか。みんな、首をうなだれて、揚子江のほとりのくらい地面にすわりこんでいた。

ぼくなどは、ほっとした気持だったが、ざんねんにおもった者もおおかっただろう。たとえからだはうごかなくても、くやしかったにちがいない。行軍に落伍するのは、たいへんに不名誉なことだ。げんに、行軍に落伍した者は、二等兵から一等兵になるとき、進級がおくれている。また、行軍に落伍すれば、幹部候補生にはなれないと言われた。下士官候補を志願しても、さしさわりがあっただろう。

そんなことよりも、いったん原隊をはなれたら、また原隊にもどるということは、はなはだおぼつかない。一日、どこかに行軍にいき、落伍したというのではないのだ。

ぼくたちがくらい地面にすわりこんでいたのは、行軍の出発は、一日目からそうだったが、朝はやく、まだくらいうちがおおかった。

ぼくたちが地面にすわりこんでるうちに、あたりがあかるくなってきた。太陽は揚子江のほうからのぼったのだろうか。あかるくなった揚子江のむこうの安慶から、ぼくたちをはこぶ船がくるはずだった。

その船がきたのが、もう昼前だったか、昼すぎだったか、あるいは、夕方近くだったかはおぼえていない。ぼくたちは待ってるときは、ただ待っていた。

ぼくたちが収容されたところは、安慶の兵站だということだった。兵站に寝るのははじめてで、このとき、ここが、兵站らしかったか、兵站らしくなかったかは、わからない。ただ、兵站に泊ってる兵隊はすくなくて、がらんとしていた。

安慶で、小高い丘の上にある塔を見たのをおぼえてる。これは、揚子江の対岸からも見えた。有名な塔なのかもしれない。

外出などはできないから、塔がある丘の下から塔をふりあおいだのは、なにかの使役につれられていったのだろう。

兵站の甘味品の倉庫……といっても、ちいさな倉庫だったが……に使役にいったこともある。このときの甘味品は、ちいさなまるいセンベのようなもので、カビくさく、虫が喰い、うんとひどいのは処分する使役だったのか。兵站の兵隊に、使役がおわったら、おまえらにも、なん枚かこれをやるから、さしくる（ドロボーする）んじゃないぞ、と言われ、さいしょの使役のときは、ぼくはさしくらなかったが、みんなが、どんどんさしくるので、つぎの使役からは、ぼくもさしくった。もっとも、使役のヨロクとしてもらったセンベも、ぼくたちがさしくったセンベも、処分してすてるセンベだったのだろう。

安慶の兵站でのなん日かは、まったく夢のようで、これまた夢のように、揚子江の上流の九江まで、船でいくことができた。

九江からも、ぼくは船にのれた。これは、ぼくが運がよかったとか、粘液便の下痢がひどくて、あるけるような状態ではなかったというようなことではなく、なにかあったのかもしれない。

ぼくたちがのったのは、底のあさい、ポンポン船ぐらいの船で、ぼくのほかは、行軍に落伍した初年兵は十人ぐらいしかのっていなかった。しかし、九江では、安慶の兵站とちがい、ぼくたちとおなじように武昌（現在の武漢の揚子江の右岸の町）にむかう、落ちこぼれの初年兵が、ぼくたちが着く前から、なん百人もいたのだ。

船は緊急の医薬品をつんでいるということだった。そのころは、揚子江の上流から機雷がどんどん流れてきており、九江でも、昨日《きのう》も、なにかの船が機雷でやられたというようなことをきいたりした。また、九江の埠頭近くには、爆撃をくった船の残骸がいくつもあった。

だから、ぼくたち内地から送られた初年兵も、船などにはのらず、揚子江にそって(川が見えることは、あまりなかったが)行軍していたのだ。

そんな状況なので、底のあさい、ちいさな船で、緊急の医薬品を九江から武昌にはこぶことにしたのだろう。

船には、民間人の船長と中国人の船員、それに、船舶部隊の若い見習士官と上等兵がのっていて、ぼくたちは、機雷監視をやらされた。

つまり、もしかしたら、ぼくは、船にのれば、武昌まで行軍をしなくてすむので、その船にのるのに応募したのではないか。

武昌で、ぼくたちの中隊がいたのは、やはり、兵站とよばれているところだったのか。うすぐらい、馬小屋みたいな土間に、ぼくの分隊の連中がうずくまっていたのをおぼえている。

　みんな目が大きくなったようで、それだけ頬がそげ、手足が長く見えたのも、行軍でやせたのだろう。

　うすぐらい土間で、みんな目ばかりギョロギョロさせ、ぼくを見ても、わらい顔はなかった。

　それでも、やがて、あれからの行軍はつらかった、と、ぼそぼそ、みんなははなしだした。ぼくが落伍するまでの行軍は、一日に五里か六里、いちばん長いときで、八里ぐらいだったが、九江にはいるてまえだかの山道を、一日に十三、四里もあるいたりしたそうだ。

　武昌には、なん日いたか……。ぼくたちは、武昌から南へ、粤漢《えつかん》線という鉄道にそって、行軍をはじめた。

　武昌を出発して、二、三日後に、行軍は夜行軍にかわった。昼間は、敵機の来襲があるからだ。それでも、夜、あるいていて、敵機がおとした照明弾に、あかあかと照らしだされたことは、なんどもある。なにしろ、戦争末期だ。

　夜行軍は、またつらかった。昼間は、やはり、あまりよく眠れない。だいたい、しずかなところで眠ってるわけではない。それに、なんだかんだと用がある。昼間、行軍しているときは、真夜中に、なにかを受領にいくなんてことも、ないことはなかったが、昼間は、それがしょっちゅうだ。使役もある。ぜんぜん眠らないで、また行軍をはじめることもあった。

この夜行軍では、だいたい、飯盒炊爨だったが、これが、こんなにやっかいなものだとはしらなかった。かねがね、飯盒で炊いた飯ほどうまいものはないといったはなしをきいたり、また、子供のときは、飯盒炊爨にあこがれたりしたが、なんともめんどうなものなのだ。

ぼくたちは兵隊の訓練もほとんどやってなかったけど、飯盒炊爨などは、ぜんぜんしたことがない。慣れないうえに、薪などくれるわけではないから、まず、薪になるものをさがさなきゃいけないが、これが、なかなかない。生木なんかは燃えるもんではない。

また、煙をたてると、敵機がくるので、みじかい時間で飯盒炊爨をやれと言っても、そんなことはできやしない。しかし、メシを食わないではいられない。

また、行軍中は、なんとか足がうごくのだが、いったん宿営地につくと、もう、どうにも、足がうごかなくて、さいしょにそれを経験したときは、ホンマかいな、と信じられなかった。夢のなかで、どこかにいこうとするのに、足がうごかず、うなされることがあるが、ほんの五メートル、一〇メートルのところにいくのさえ、両手で足をもちあげてはこぶようなありさまで、自分でもびっくりした。

それに、よく、粤漢線の線路の上をあるいたが、これは、当時のニホン内地では見られない鉄製の枕木で、雨で濡れていたりすると、軍靴の底には鉄鋲がうってあるし、すべって、あるきにくい。だいいち、危険だった。

武昌を出発してからは、地図で見ると、まっすぐ南へのコースをとっていた。ぼくたちが一日あるいたところで、地図では、なにもうごいてないようなものだったかもしれないけど、目的地は、地図のなかでも、かなり南にある。

また、南京から蕪湖までは貨車ではこばれたが、蕪湖からは、対岸に安慶の町と塔が見えるところで、ぼくは落伍してしまったけど、九江、武昌と、地図の上だけとおもわれた行程を、げんに、あるいてきているのだ。

それに、武昌から南のこのあたりは、夏の暑さは、屋根にとまったスズメが焼鳥になって落ちてくると言われるくらいで、まだ四月のなかば近くだけど、やはり、ぼくたちには異様な気温だった。それと、目的地にむかう、まっすぐに南にくだる矢印の方向とで、一日あるけば、それだけ温度があがるような気がしたのかもしれない。

あるいていて、なまあったかさがうっとうしいある夜、まっくら闇のなかで、雨が顔や手ににじんでおり、そのため、闇がよけいねばっこく感じられたが、とつぜん、なにかのサイレンのような悲鳴がきこえ、そして、急にそれが遠ざかり、消えた。悲鳴といったが、ニンゲンの声に角度みたいなものを想定するならば、それは、あまりにもうすくとがっていて、だから無機質の音にひびいた。

そんなことがあっても、ぼくたちは足をとめるわけではなく、ほんのちょっとあるくと、闇のなかで隊列が滞り、鉄橋だ、という声がした。それでわかったのだが、だれかが、鉄橋の上で足をすべらし、落ちたのだった。

そこは、温泉分哨とよばれているようだった。中国では、温泉はたいへんにめずらしいという。

分哨の囲いのはしのほうに、ちいさな泥沼があり、きたない水草がはえた沼の表面から湯気がたっていた記憶がある。

しかし、温泉の湯槽につかったのはおぼえていない。南京にいたとき、半日ほどあいて、シラミ退治の施設にいき、ここで、かなりの劇薬の湯だから、けっして、顔は湯のなかにつけてはいけない、と注意された湯槽にはいり、そのあいだに、ぼくたちが着ていた衣類、持ち物ぜんぶを、蒸気の釜にいれ、シラミを殺した。風呂にはいるのは、兵隊にとられてから、南京のこの劇薬湯のつぎ、二度目なのに、湯槽にはいったときのことをおぼえてないのはおかしいが、げんに記憶にないんだから、しょうがない。

ここは、ぼくたちの大隊の五中隊の警備区域の分哨だということで、ほんとに、なんだか夢みたいな気持だった。

ぼくたちはある独立旅団の初年兵なのだが、旅団なんてでっかすぎて、ぼくたちにはカンケイないみたいな感じだ。武昌から、粤漢線にそって南下してきて、ここからは、ぼくたちの旅団の管轄内だぞ、ということもきいていない。せいぜい自分たちの大隊範囲内ぐらいの感覚しかないのだ。

第五中隊は、武昌のほうからくると、いちばんてまえで、ぼくたちの中隊は、いちばん遠いところにあるようだったが、それでも、おなじ大隊の警備区域にきたというのは、地図の上でもたどれなかった、夢の国にはいったようなものだ。

この温泉分哨には二泊し、つまりは一日の大休止だったが、その日の午後、米の受領にこい、と言われた。

これは、行軍中の食糧として支給されるのではなく、大隊本部まで米をはこんでいくのだった。割当は分隊ごとで、かなりの量の米だった。一斗、もしかしたら、それ以上あったかもしれない。

この米は、分隊内で各人にわけ、各人がもっていってもよく、また、分配せず、たとえば、交替ではこんでもかまわない、それは、各分隊にまかせる、ということだった。

受領してきた米を、分隊の者は、だまって見ていた。行軍に落伍したぼくが、武昌で分隊の者といっしょになったとき、みんなは馬小屋みたいなうすぐらい土間に、目ばかりギョロつかせてうずくまっていたが、この米を見ている分隊の者の目はギョロついてもいなかったのではないか。口に言葉がないように、目にも、なにもなかったといったぐあいに……。

どれだけのあいだ、そんなふうにしていたか……口にも目にも言葉がなく、時間もない。しかし、それはほっとひと息ついてる場合のことで、行軍をしてるときは、そうはいかない。その日は、一日やすみの大休止だった。

ともかく、いくらかたったあと、ぼくは分隊の者に相談した。この米をすてちまおう……と。

武昌を出発してからは、地図の上では、ぼくたちは、まっすぐ南にむかっている、と言ったが、それは、中学の世界地理の地図帖をひらいてゆびさしてるようなもので、そのとき、ぼくたちがどのあたりにいるかなんてことはわからなかった。

この五中隊の温泉分哨から大隊本部まで、あと二日の行軍だとか、いや五日ぐらいはかかるとか、あれこれきいたが、はっきりしなかった。しかし、ともかく、大隊本部まで、なん日かはあるかなければいけない。

行軍のときは、ほんとに、もってるものは、なんでもすててしまいたい。袴下《こした》（フンドシ）ひとつもってるのが、生き死にに関係があるような気さえする。もってるものどころか、行軍のときは、それでいくらかでも身がかるくなるならば、自分のからだの皮でも剝いですてたい、と言われている。

だが、兵隊は鉄砲の弾丸《たま》だけはだいじにするものだ、行軍がつらくて、なにもかもすててしまいたいときでも、また、たおれても、銃弾をすてない、銃弾をすてることは、考えもしない……。

アメリカの西部劇や戦争映画などでも、銃弾の重さにたえかねて、兵隊たちがすてようとするのを、下士官などが叱りとばし、それでたすかり、手柄もたてるといった映画も、なんども見た。

しかし、おれなんか、小銃弾だけは最後まで、どころか、まっさきにすてちまったもんな……と、戦後、ぼくは、調子よくしゃべってまわった。だが、あんまり調子がよすぎるようで、もしかしたら、ぼくが小銃弾をすてたなんてウソで、ウソを調子よくくりかえしてるうちに、自分でも本気にしだしたのではないか、とおもった。小銃弾をすてるなんて、たいへんなことだからだ。小銃弾どころか、空《から》の薬莢一つなくしても、中隊の初年兵ぜんぶが、薬莢が見つかるまで、演習地の草むらのなかをさがしてあるいたというようなはなしは、なんどもきいている。いや、はなしだけではなく、学校で教練の演習場にいったとき、ぼく自身もやらされた。もし、故意に小銃弾をすてたりして、軍法会議にでもかけられれば、陸軍刑務所にいれられるだろう。

だが、ぼくはウソをついたのではないか、と疑ってみたら、すぐはっきりしたことだけど、ぼくはウソはついてはいなかった。

それに、まっさきに小銃弾をすてたというのも、誇張ではないようだ。行軍のあいだ、ぼくたちは、ひとりひとりが小銃をもっていたわけではなく、分隊に小銃は二梃しかなかった。これは、たいへんにありがたいことで、ぼくたちは交替して銃をかついだわけだが、銃をもった者が、帯革（ベルト）に弾薬盒をつけ、弾薬盒のなかには、もちろん実弾がはいってるが、そのほかに、各人が実弾を五発か十発ぐらい、背嚢のなかにいれていた。

その実弾を、行軍の一日目の二ばん目の小休止のあとあたりに、ぼくは、人に見られないところで、すててしまったのだ。

大隊本部にはこぶ米をすててしまおう、とぼくが言いだしたことにたいして、分隊の者はだまっていた。

おどろいたかもしれないが、そういう表情はなかった。行軍のあいだに、みんなは、それこそ表情をなくしていた。プラグマティズムふうに安易な言いかたをするならば、おどろいた表情、反応がなければ、おどろいてるとも言えないのかもしれない。

じつは、米をすてよう、とぼくが言いだしたりしたのは、おなじ初年兵だけど、輸送中だけ、ぼくは、仮りの分隊長ということになっていたのだ。これは、たいへんにおかしなことで、中学のときでも、ぼくは、学校はじまって以来という、教練の最低点をとったり、輸送がおわり、中隊に配属されると、中隊長に、こいつは帝国陸軍の兵隊ではない、いや、苦力《クーリー》にもおとる、と言われ、だれでもがなる一等兵にも、ぼくひとりはならなかった。そんなぼくが、輸送中に、仮りの分隊長にされたのは、ぼくは官立の学校の途中で兵隊にとられ、そういう官立の学校にいってた者は、ほかにはいなかったからだろう。考えてみれば、軍隊も官なのだ。

しかし、米のときは、めずらしく、分隊の者から反対があった。いや、みんな反対したのではないかとおもう。分隊ごとに、大隊本部にはこべ、と命令された米をすてるなんて、たいへんなことだ。それに、糧食にたいする、とくべつな気持もある。なによりもだいじなのは米だということは、みんな、身にしみてしっている。

だが、ぼくが分隊がはこぶ米をなくした、と責任をもつ、ということで、みんなは、表情もなく、うなずきもしなかったが、ぼくにまかせるようなことになった。それでも、今、おもいだしたが、自分ひとりのぶんの米はもっていく、と言った者もあり、ひとりがそう言うと、もうひとりぐらい、やはり自分のぶんはもっていくと言った者がいたようだ。

温泉分哨の兵舎の裏の山の藪のなかにすてた米が、白く、こんもりもりあがっていたのが、ぼくの目にのこっている。

そのとき、ぼくが言いだして、米をすてたことを、あとで、ぼくはしきりに自慢した。五中隊の温泉分哨から大隊本部まで、二日かかったか三日かかったか、この行軍の最後の二、三日は、ほんとに、よく、あるいていて、ひっくりかえった者がいたのだ。

二分隊の（仮りの）分隊長は、幹候のいわゆる張り切った男だったが、大隊本部についた翌朝の点呼で整列してるときにたおれ、すぐ死んでしまった。

しかし、五中隊の温泉分哨で、米をすてることをおもいついたときでも、おなじように大隊本部にはこぶ、あの岩塩の袋をすてることは、ぼくの頭のなかには、これっぽっちもなかった。

これは、いったい、どういうことだろう？　小銃の実弾を故意にすて、それで軍法会議にかけられたりしたら、たぶん、軍刑務所にいく。だけど、この岩塩をなくせば、軍法会議だ、軍刑務所行きだ、とぼくたちはおどかされたが、ま、そんなことはあるまい。

それなのに、ぼくは、行軍の一日目に、実弾をすててしまった。しかし、岩塩をすてることは、考えもしなかった。

これは、故意に小銃弾をすてて、そのため、軍法会議にかけられれば、陸軍刑務所にいくかもしれないが、軍法会議にかけられたときのことだ。

あっ、弾丸がない！　なんて、おどろいてみせたりしたら、おこられるだろうが、軍法会議にまではいかないのではないか。

だが、この岩塩の袋は、目的地につくまでは、背嚢のいちばん奥にしまっておいて、ぜったいにとりだしたりしてはいけない、と言われた。だから、あっ、岩塩がない！

というわけにはいくまい。背嚢ごとなくなったというのなら、べつだけど……。

それにしても、小銃弾をすて、米もすてたのに、岩塩の袋はすてることを考えもしなかったというのは、どういうことだろう？

南京を出発するときからもっていて、それがあるのが当然なような、たとえば、自分のからだの一部みたいな……そんなことはない。だったら、この岩塩は、いったい、なんだったのだ？

米のことは、だいぶ心配したが、大隊本部で米をうけとった係りは、何中隊の何分隊、といちいち記入するようなことはせず、ぼくたちが米をはこんでないこともバレないですんだ。

岩塩のほうは、おかしなことだった。岩塩をわたすときには、貴重な物を、長い行軍のあいだ、ひとりひとりがはこんできたんだし、引渡しの式でもあるくらいに、みんな考えていて、うやうやしく、汚れた岩塩の袋をさしだした。

ところが、大隊本部では米のことはしっていたが、ぼくたちが、わざわざ、南京から岩塩をもってきたことさえもしらなかった。

その翌日のことだが、おなじ分隊の者がぼくのところにきて、大隊本部の兵隊が、ぼくたちがもってきた岩塩を、兵舎の前の道にすてている、と言った。

その男の顔にも声にも表情はなかったが、いそいでやってきて、そのことをしらせた。

これは、いったいどういうことなのか、ぼくたちはぽかんとしたが、岩塩が塩の役目をしてないということらしかった。

背嚢のいちばん奥にしまっておいても、長い行軍のあいだには、背嚢のなかまで、雨でじっぽり濡れたことも、なんどもあったし、背中の汗もにじんだだろう。また、ほとんどの者が、川におちたり、沼におちたりもしている。

そんなことで、岩塩の塩けがぬけ、ただの砂つぶになってしまったのだ。岩塩をすてた大隊本部の兵隊が見えなくなると、ぼくたちは、兵舎の前の道にでて、すてられた岩塩をひろってきて、口のなかにいれてみたが、にがいような味はしても、ぜんぜん、しょっぱくはなかった。

そのときすぐ、気がついたかどうかは忘れたが、新約聖書のマタイ伝第五章十三節の、「汝らは地の塩なり、塩もし効力を失わば、何をもてか之に塩すべき、後は用なく、外にすてられて人に踏まるるのみ」（今の訳はちがう）という言葉を、ぼくはおもいだした。

有名なイエスの山上の垂訓のなかの文句だけど、それまでは、塩もし効力を失わば、というのが、どんなことなのか、ぼくはわからないでいたのだ。

岩塩が兵舎の前の道にすてられた日、大隊本部の兵隊がしゃべってることが、ぼくの耳にはいった。

その兵隊は、前夜、衛兵で見まわってるとき、ぼくたちが寝ていたところの土間の隅に、白い山のようなものができており、そう言えば、初年兵たちは、役にもたたない岩塩を、わざわざ、南京からしょってきたということだったな、とおもったが、よく見ると、土間の隅にあったのは、行軍のあいだにぼろぼろになったぼくたちの襦袢を脱ぎすてた山で、そのぼろの山がまっ白に見えるくらい、シラミがたかっていて、あんなにたくさんのシラミがむらがってるなんて信じられなかった、と、その大隊本部の兵隊は、声をひそめてはなしていた。

魚撃ち

軍曹殿は下駄をぬぐと、岩の上に腹ばいになり、銃をかまえた。

その大きな岩は、くの字にまがった川の流れのなかにつきでていた。ふたつならんだ下駄のむこうに、軍曹殿の足の裏がある。しろくて、肉の厚い足の裏だが、皮はかたくない。

この二ヵ月ほど、軍曹殿はあるきまわったりできなかったので、こんなやわらかな足の裏になったのかもしれないが、ぼくには、それが、オジさんの足の裏に見えた。

そのころのぼくは、旦那というような言葉は、本のなかや映画では、見たりきいたりしていても、自分ではつかったことはなかった。自分でつかわない言葉はしらない言葉だろう。

オジさんの足の裏というのには、他人《ひと》の言葉で言えば、旦那の足の裏みたいな気持もあった。しかし、もちろん、オジさんの足の裏はオジさんの足の裏だ。

軍曹殿というよびかたにも、旦那みたいなひびきがある。ふつう、伍長、軍曹は班長殿という。曹長殿は曹長殿で、班長殿とは言わない。しかし、この有元《ありもと》軍曹だけは、みんな、軍曹殿とよんでいた。

日露戦争のときの騎兵みたいな詰襟の軍服を着た曹長殿は、ときどき、じょうぶなおじいさんみたいに見えたが、曹長殿も、有元軍曹のことを、軍曹殿、と言った。

軍曹殿、というのが、有元軍曹のニックネームみたいになっていたのだろう。尊敬されている、ないしは、とくべつにおもわれてるニックネームだ。有元軍曹は、なん度目かの召集とかで、中隊のなかでも、ひとりはなれて歳をとっていたが、軍隊では、歳をくってるからといって、とくべつにおもったりはしてくれない。

軍曹殿は銃の床尾（台尻）を肩にあてたまま、かたっぽうの足の指のあいだを、もういっぽうの足の指でかいた。水虫でもできてるんだろう。

肉の厚い足の裏が、また、べたっと岩の上にならぶ。とつぜん、はげしく空気が反っくりかえった。軍曹殿が銃の引鉄《ひきてつ》をひいたのだ。

あかるい陽だった。草も土もあかるくて、川のなかにつきでた岩もあかるかった。川の流れの飴色に濁ったところも、あかるくながれている。

なにもかもあかるく、あけっぴろげだ。裸で平気なのもいい。しかも、じりじり暑い日でもない。

ここにくるまでは、ぼくはせまい蚊帳のなかに、ほかの患者とならんで寝ていた。ぼくはアメーバ赤痢で、それにマラリアの発作がおこるようになり、ほかのマラリア患者といっしょに蚊帳のなかに寝かされていたのだ。

中国のこの地方の夏の暑さはとくべつで、たとえば、飯盒に水をいれ、外においとくと、飯盒の内側にびっしり気泡ができ、水は熱湯になる。飯盒も火にかけなければ、水は沸騰はしないが、はげしいじりじり照りに、沸騰寸前までになっていたのだ。

そんな日に、せまい蚊帳のなかにならんで寝ているのは、実際にそうやって寝ていたぼくだが、どうしようもないとしか言えない。皮肉なはなしだが、ひどい病人だから、がまんして寝ていられたのだろう。

ここにきてからも、マラリアの発作はおきている。下痢もする。アメーバ赤痢はなおらないそうだ。

しかし、げんに、ぼくは上半身裸でこの岩の上に立ち、川の流れの飴色に濁ったところも、あかるくながれて……なんておもっている。

「だめだ」軍曹殿はおきあがり、銃をぼくにわたした。おきあがるとき、軍曹殿はちょっと顔をしかめたが、まだ、お尻の貫通銃創がいたむのだろうか。

ぼくは軍曹殿の手から銃をうけとった。ぼくは軍曹殿のつまりは小銃持ちだ。銃は三八式歩兵銃だった。

戦争がおわって二十日ぐらいたったときで、ぼくたちはまだ武装解除されていなかった。あとで、いわゆる武装解除されたときも、ぼくたち自身が、指定されたところに武器弾薬をまとめてはこんだだけで、しかも、中隊で小銃十なん梃かと軽機関銃も二梃ぐらい残しておくように言われた。そう言ったのがだれなのか、ぼくたちの中隊がどんな筋の中国軍から武装解除されたのかみたいなことは、ぼくはしらない。

また、敗戦は終戦という言葉でゴマかしたという論議が、あとになってでたようだが、ぼくはカンケイない。

あの蚊帳のなかで寝ていたとき、ホネ猿というあだ名の栄養失調の初年兵が、蚊帳の外の土間にしゃがんで、両手をあわせ、おだぶつ、という恰好をし、それが、戦争が負けたということを知ったはじめだったが、ほんとに、戦争はおわったのかという気はした。事実、その夜、総攻撃の命令がくだった、とみんなさわいでいた。攻撃命令なんて、ぼくが兵隊で中国にいるあいだにきいたのは、戦争が負けたというこの夜がはじめてだった。

しかし、あれから、こうして二十日もたち、あいかわらず腹はへってるが、ともかくものんきな毎日で、どうやら戦争はおわったらしい。

ここのところ、ぼくは、ま、軍曹殿の小銃持ちみたいなものだけど、ぼくの銃も、もちろん、部屋においてある。ぼくの銃も、やはり三八式歩兵銃だ。

昭和十九年の十二月の暮れに、ぼくたちは山口の聯隊に入営し、内地には五日間いただけで、中国にはこばれてきた。

そして、長い行軍のあと、湖北省と湖南省の境近くの大隊本部についたのは、もう五月のはじめだった。それまで、行軍中は、五人に一梃ぐらいの割りで三八式歩兵銃をもっていたが、大隊本部で、ぼくたちは九四式歩兵銃を支給された。

九四式というのは、たぶん、皇紀二五九四年式ということだろう。この小銃は三八式歩兵銃よりもいくらか小型で、匍匐前進などのおおい近代戦には便利だということだった。

大隊本部で九四式歩兵銃を支給されたとき（ほんとは、小銃にたいして、支給という言葉をつかったかどうかはおぼえていない）ぼくはチョロイことをした。

小銃には天皇陛下の菊の御紋章がうってあり、軍隊では銃について、やたらうるさいことを言う。このときも、支給された九四式歩兵銃の銃身のどこかにキズがある場合は、ガリ版刷りの小銃の図のなかに、キズのある位置、どんなキズかを図で示せということだった。陛下の菊の御紋章のある小銃を粗末にあつかったりして、キズをつけたような場合には処罰される。だから、従来のキズと新しいキズを識別するために、図にかいてださせたのだ。

ところが、どういうわけなのか、やたらにキズだらけの九四式歩兵銃が一梃だけあり、ぼくはこの銃をとって、キズがいっぱいの銃の図を提出した。こんなに銃身にキズがあれば、あとで、いくらかキズをこしらえても見分けがつくまい、と考えたのだ。なるべくキズのない、きれいな銃をあらそってほしがるほかの連中はなんてバカなやつらだろう、とぼくは得意だった。

ところが、九四式歩兵銃を支給されて整列したぼくたち初年兵を閲兵したえらい人が（大隊長自身だったかもしれない）ぼくのところにくると、この銃はひどすぎると言いだした。

兵にとって小銃は、これから一生連れ添う女房のようなものである。こんな銃ではかわいそうだから、もっといい銃をあたえてやれ、と、大隊長自身だったかもしれないえらい人は命じた。

えらい人じきじきの命令だったからだろう。とっかえて、ぼくのところにきた九四式歩兵銃は、キズなんぞ、それこそ虫メガネでさがしてもない、ぴかぴかの新品で、とくべつひどい銃をえらんで得意だったぼくは、気がとおくなるようなおもいがした。ほかの連中の銃は、どんなにマシな銃でも、キズの二つや三つはあり、それに、こんな新品の銃ではなかったのに……。

このあと、幹部候補生の資格のある者は大隊本部にのこり、幹部候補生の試験をうけたのだが、その試験のさいしょの日に、ぼくは、もう試験をうける必要はない、中隊にかえれ、と言われた。

　ぼくは、おおよそ、兵隊には不向きな男で、不向きだが努力するということもなく、中隊長にも、おまえは国軍の兵隊ではない。苦力《クーリー》にもおとる、と叱られたりしたが、中隊長も腹が立つというより、あきれはてていたようだった。つまり、ぼくは不具者《かたわ》の兵隊みたいにあわれがられていたのか。だから、ほとんどビンタもくらっていない。

もっとも、たとえ精薄のような初年兵でも、二等兵から一等兵になったのに、ぼくだけは二等兵のままだった。戦争がおわったあと、各部隊がごちゃごちゃいっしょになったときでも、いっしょに入営した者のなかで、ぼくみたいに二等兵のままというのはいなかった。

　ま、ぼくはそんな兵隊だったので、幹部候補生の試験の途中で、もう試験をうける必要はない、と言われても、べつにどうってことはなかった。だいいち、そのころは、幹部候補生の資格がある者は、みんな、その試験をうけなきゃいけないというので、しかたなく、ぼくは試験をうけたのだ。将校になる甲種幹部候補生でも下士官になる乙種幹部候補生でも、ぼくは、その教育訓練に耐えられるとは、とうていおもえない。しかし、そのどちらの試験にも、ぼくは受からない自信があった。鳥になる試験があって、その試験に受かれば、鳥になる訓練をする学校にはいれると言われても、そもそも、そんな試験にとおるわけがない。

だが、あとで、兵隊にいった者とあれこれしゃべっていて、ぼくだけが二等兵から一等兵にならなかったとはなすと、みんな、それはかなりふしぎなことだ、だいいち、そんなことはきいたことがないと言う。

また、幹部候補生の試験の途中で、もう試験を受ける必要はない、と中隊にかえされたのも、たいへんふしぎなはなしで、そんなこともきいたことはないと言う。

幹部候補生の試験には口頭試問（面接）もあり、そのとき、おまえはなにが得意か、ときかれ、ぼくは、歌をうたうことです、とこたえ、それじゃ、歌をうたえ、と言われて、歌をうたったのもおぼえている。どんな歌かはわすれた。

そんなことで、もう、幹部候補生の試験を受ける必要はない、中隊にかえれ、と言われたんだろう、と、ぼくはひとにはなしてきたが、これも、どうだかわからない。

おかしいのは、ぼくひとり二等兵のままだったり、幹部候補生の試験の途中で中隊にかえされたりしたのは、かなりふしぎなことだよ、なんてみんなが言いだしたのは、わりと最近のことなのだ。それまでは、みんなわらってきいていて、わらってるときは、ふしぎだとは言わなかった。そして、みんながふしぎだと言いだすと、ぼくもふしぎな気になってきた。自分の身におきたことだし……。

軍曹殿は下駄をはいたが、まだ岩の上に立って、下の流れを見ている。ぼくも、軍曹殿から銃をうけとって、川面を見ていた。

軍曹殿は小銃で川のなかの魚を撃ってたのだ。これが、ここでのそのころの流行《はや》りだった。もっとも、だれでもってわけにはいかない、それこそ軍曹殿とか、下士官でなくても古参の兵長とかが、こんなふうに、川のなかにつきでた岩の上などから、小銃で魚を撃った。戦争は負けたあとだが、初年兵や若い年次の兵隊はそんなことはできない。やはり軍隊での、ご主人のやることだ。

川のなかの魚にねらいをつけて撃った場合、そのねらいが正確ならば、ねらいをつけた魚には銃弾はあたらないのだそうだ。これは、光が水中にはいると屈折するためで、つまり、そこに魚がいると見える場所には、実際には魚はいないらしい。

この川は飴色に濁ってるところもあったが、中国の川にしては、水がよく澄んでるほうで、川のなかの魚も、わりとはっきり見えた。

いや、ねらいが正確ならば、弾丸《たま》は魚にはあたらないらしいが、あたらなくてもよくて、弾丸が魚のそばをとおると、はげしい水圧の変化がおこり、そのため魚の内臓のどこかが破裂して、魚は川の水面に浮く。それを、ぼくが川にとびこんで、とってくるのだ。

じつは、弾丸が魚にあたらないほうがいいので、あたると、魚の身がばらばらになってしまう。

一度、軍曹殿はスッポンを撃った。スッポンは撃たれても、川面に浮かなくて、水の底にしずむ。だから、死んでるのかどうかわからない。生きていて、つかみにいったところを、指にでも食いつかれたら、たまったもんじゃない。スッポンは、いったん食いついたら、指がひっちぎれるまで、はなれないという。

ぼくは川にもぐって、スッポンをとってくるのはこわかったが、しかたがないので、川にとびこんだ。

さいわい、スッポンはちゃんと死んでいて、そいつをつかんで、川からあがってくると、背中のどまんなかに弾丸の穴があいていた。軍曹殿のねらいがはずれて、スッポンの背中のまんなかに、弾丸があたってしまったのだ。

軍曹殿はどこかから砂糖を手にいれたらしく、そのスッポンをスキヤキにし、たいへんにおいしかったということだった。

ぼくは軍曹殿の銃をもってあるき、川にもぐってスッポンをとってきたが、スッポンのスキヤキのお余りにあずかるということはなかった。軍曹殿が薄情なのではない。軍曹殿は、たぶん地方にいたときも、よくひとのことに気のつく、おだやかなひとだったのだろう。しかし、ぼくは初年兵で、下士官の軍曹殿とは、寝泊りしている建物までちがう。スキヤキは下士官仲間の会食で、ぼくのほうに、そのお余りがくるなんて、考えることもできなかった。軍曹殿は、ぼくがおなじ中隊の初年兵だというので、たとえば、こうして、魚撃ちにいくときなど、ぼくをよびにくるのだ。

ぼくは、旅団本部の野戦病院の伝染病棟からここにきた。ここの川は、中国の川としてはめずらしく、わりと水が澄んでいたが、これも、中国ではたいへんめずらしいことだけど、ここには温泉があった。川のなかでも、湯気が立ってるところがあり、温泉が湧きだしてるのだった。

旅団本部の野戦病院の伝染病棟へは、大隊本部の医務室にしばらくいたあと、おくられてきた。アメーバ赤痢だそうで、しかし、検便の結果、アメーバ赤痢の菌がでることは、きわめてまれで、ところが、ぼくの場合は、それがはっきりでた、と伝染病棟の係りの衛生曹長はなんだかはしゃいでいた。

伝染病棟といってもバラックの小屋だったが、アメーバ赤痢患者はぼくひとりで、天井板のない小屋に、ぼくひとりで寝ていた。

湖北省と湖南省の境近くの大隊本部に着くまでの長い行軍のあいだも、粘液便や血便の下痢をして、死んでいった者はたくさんいた。

ぼくたち初年兵だけでも、慢性の下痢をしている者は、すくなくとも、五人に一人はいたわけで、おそらく、そういった者は、たいていアメーバ赤痢だったのだろう。

それが、旅団ぜんたいの野戦病院で、アメーバ赤痢の入院患者がぼくひとりだけというのも、これは、たいへんにふしぎなはなしだ。

ともかく、バラック小屋でも、ぼくひとりきりで寝ているというのは、山口の聯隊に入営してからも、はじめてのことで、粘液便、血便の下痢はつづいていても、ぼくはのんびり、いい気分だった。

這うようにしていく便所も、伝染病棟のうしろにある長屋のようになった便所で、チフスやパラチフス患者の便所と区別され、アメーバ赤痢患者用、という名札のついた、つまり、ぼく専用の便所で、これも、便所をせっつかれることはなく、のんびり、いい気分だった。

しかし、ならんだ便所を、パラチフス患者用、アメーバ赤痢患者用と区別しても、下がいっしょならばおなじことだとおもうけど、初年兵のぼくが口をだすことではない。ついでだが、この便所の下のほうには、蛆がたくさんいて、血便をしながらも、ぼくは腹がすいており、この蛆が食べられたらなあ、とおもった。

くりかえすが、ひとつの部屋にひとりで寝るなどというのは、ぜいたくきわまりないことだった。山口の聯隊に入営したときも、三畳ぐらいの面積のところに、十なん人も寝かされ、こうなると、頭をならべて寝るのは不可能で、頭と足のほうと、たがいちがいにつっこんで寝た。だから、夜、小便などにいくと、なかなか、からだをいれることができなくて苦労した。

中国におくられてきてからも、こんな状態がずっとつづいていて、行軍中などは、屋根のあるところに寝れればいいほうだった。武漢三鎮の武昌から粤漢《えつかん》線の鉄道にそって南にくだる行軍は、ほとんど夜行軍で、これは、屋根のあるところに寝たことはない。それが、天井板もないバラック小屋の埃っぽい寝台でも、ぼくひとりで寝てるというのは、なんといい気分だろう。

おまけに、ここには本も二冊ばかりあった。ぼくは、山口の聯隊に入営するとき、小型の新約聖書と岩波文庫の万葉集をもっていき、中国にももってきたが、行軍の第一日目に小銃弾をすててしまったぐらいで、そんな本は、とっくになくなっていた。だれが残していったのか、吉田絃二郎の随筆集二冊で、吉田絃二郎の随筆といえば、中学一年で寄宿舎にはいったとき、同室の上級生（室長）が吉田絃二郎ファンだった。この室長にすすめられて、吉田絃二郎の本を買ってきて読んだが、半分ぐらいで、ぼくは吉田絃二郎をバカにしだした。センチメンタルな美文調にうんざりしたのだ。

その吉田絃二郎の本を、下は土間の大小便くさい寝台に寝て、ぼくは、くりかえしくりかえし読んだ。

敵の飛行機は、毎日きまって（日曜日はやすみだったかな）一回か二回とんできた。ぼくたちが雁とあだ名をつけた、それこそ雁のように機首の長いＰ51戦闘機で、伝染病棟のバラックにきたさいしょのころ、空襲だというので、ぼくが寝ていた小屋のうしろの防空壕にいこうとして、部屋をでると、目の前にＰ51戦闘機がいて、パイロットの姿も見えるほどで、機銃掃射をされた。

あんなにおどろいたことはすくない。肝がつぶれるというのは、うまく言ったもんだ。びっくりして、つっ立ったきりのぼくのかたちはそのまま、からだのなかのほうが、ぺしょんとつぶれてしまったような気がした。

しかし、Ｐ51戦闘機とぼくとの距離は近すぎて、機銃弾は、ぼくをとおりこして、うしろの地面の土をほっくりかえし、穴ぼこをつくった。

ともかく、それからは、空襲になっても、防空壕にいくのはやめた。あんなこわいことはいやだし、まだ、屋根のあるところにいたほうがましなような気がしたのだろう。そんなふうにおもうのは、もちろん、ぼくがものぐさなせいだが……。

それでも、野砲がＰ51戦闘機を撃つのを見物することはあった。高射砲がないので、野砲で撃つのだそうで、大砲の弾丸が空にあがっていくのが、はっきり見えた。

かなりのろいスピードで、大砲の弾丸はしゅるしゅると空にあがっていき、ぼくは、子供のとき、公園で花火をあげてるのを見ていたような気になった。しかし、花火よりも、やはり、大砲の弾丸のほうが、はるかに高く空にあがっていき、おもしろかった。どうせ、Ｐ51戦闘機には砲弾はあたらないとおもってるのか、ドーン、ドーン、とたいてい二発きりで、一発だけのこともあった。

Ｐ51戦闘機は、百ポンドの小型爆弾も投下したが、これが、なんだか、いいかげんにほうりだしてるみたいに見えた。また、百ポンドの爆弾をおとすとき、機体の尻のほうをちょいとふるみたいにして、ウンコでも空中にひりだすようで、これもおもしろかった。

しかし、すぐ近くに、爆弾がおちるといやなものだった。肝がつぶれるどころか、からだのかたちもなく、丸つぶれになったような気がした。ぼくがいたバラックの病院にも、この百ポンド爆弾が落ち、一人死んだ。

戦争が負けた、なまんだぶ、と栄養失調のホネ猿が、ぼくが寝ている蚊帳の外で両手をあわせた日の夜は、書類はぜんぶ焼け、総攻撃だ、とみんなばたばたしていたが、二、三日すると、病院は解散、というしらせがあった。

戦争に負けたから、野戦病院は解散なのだそうだ。戦争に負けても、患者はいるわけだけど、そんなことは、初年兵のぼくがとやかく考えることではない。

ともかく、病院が解散になれば、患者はどこかにいかなければいけない。たいていの病人は原隊にかえったのだろうが、ぼくはこの温泉にやらされた。

いっしょにきたのは、数人だったとおもう。トラックなどではこばれたのではあるまい。銃をもってあるいてきたのだろう。兵隊は、どこにでもあるいていく。ぼくたちが、湖北省と湖南省（うちの中隊は湖南省にあった）の境まであるいてきたのも、世界地理の地図帖で見るような道のりだった。

このときは、山水でもでた跡なのか、木々の根がうきあがって、あるきにくい山道をやってきたおぼえがある。温泉は山のなかで、これも中国ではめずらしいことだが、かなり大きな木があった。

温泉なんて夢みたいなものだが、温泉があるからといって、マラリアの発作のはじめの、がたがた、悪寒がし、ふるえがくるときに、風呂にはいったのは、とんだ失敗だった。

マラリアの発作のはじめのふるえがくるときは、戸外においた飯盒のなかの水が沸騰寸前になるような暑い日でも、蒲団をなん枚もかさねてきても、寒くてたまらない。ときには、あんまりがたがたふるえるので、かさねた蒲団の上に、だれかがのっかってくれることもあった。

こんなふうなので、マラリアの発作のはじめのふるえがくるときに、ぼくは温泉の風呂にはいることをおもいついた。ぼくは、中隊長に、おまえは国軍の兵隊ではない、苦力にもおとる、と叱られたりしたが、たいへんに創意工夫の兵隊だった。前にも言ったけど、長い行軍の一日目に、小銃弾は重いので、こっそりみんなすててしまったり、行軍の前に、冬の軍服の上衣とズボンを洗濯するように言われたのにサボって、これも行軍の一日目は土砂降りの雨だったので、あるきながら、軍衣や軍袴に石けんをぬりつけ、洗濯のかわりにした。行軍前の洗濯をサボったのは、おそらく、中隊でもぼくひとりだったが、行軍をはじめて、十分後ぐらいに、銃声がして、みんな、揚子江の土手にふせ、せっかく洗濯した軍服は泥んこになってしまった。

しかし、くりかえすが、マラリアの発作のはじめの悪寒がするときに、温泉の風呂にはいるという創意工夫は失敗だった。

マラリアの発作がおきるときは、その前に、いやな感じがして、たいていわかる。だから、ぼくは、あるけるうちに、風呂小屋にいき、ふるえがくるのを待って、風呂にはいった。悪寒ははげしく、風呂の湯のなかでも、ぼくはふるえていたが、ま、それはいい。

悪寒がやむと、ときには四十一度をこす高熱がでてくるが、このときのくるしさはたいへんなものだった。やはり、悪寒のときに湯になどつかっていたのがいけなかったらしい。

仲間の初年兵が、風呂小屋からもどってこないぼくを心配して、さがしにきたからよかったが、ほっとけばどんなことになっていたか。おまけに、このときは夜中だった。

この温泉で、軍曹殿の魚撃ちのお供などをしてすごした二十日ばかりは、戦争はおわったし、腹は空いていて、しかも、カボチャばかり食わされてうんざりしたけど、まだ、カボチャぐらいはあったわけで、それこそ、夢にも見なかったような、のんびりした毎日だったが、マラリアの発作は、このときが、いちばん苦しかった。

ぼくにマラリアの発作がおこりだしたのは、バラックの伝染病棟にいたときで、そのため、ぼくひとりでいたアメーバ赤痢の小屋から、パラチフスなどの患者でマラリアをもってる者とおなじ、せまい蚊帳のなかにうつされた。

しかし、このときは、まだ、マラリア発作の初期で、たいしたことはなかったのだ。そして、あとで、マラリアにもからだが慣れる前の、すごいやつが、この温泉にいるとき、やってきた。発作にきれめがなく、三日三晩、熱にうなされどおしということもあった。

軍曹殿のほうが、さきに、この温泉にきていたようだった。ぼくがおなじ中隊の初年兵だとしって、軍曹殿はぼくをよびにやったのかもしれない。

下士官がいる建物のなかで、軍曹殿は腹ばいに寝ており、ぼくは、ああそうか、とおもった。

軍曹殿はお尻に貫通銃創があり、あおむけに寝られないのだ。軍曹殿のお尻を撃ったのは、ぼくといっしょに内地からきた初年兵の浜田だった。浜田は銃の掃除をしていたのだが、引鉄をひくと弾丸がはいっていて、腹ばいになって寝そべっていた軍曹殿のお尻を貫通した。

　貫通したのは、軍曹殿のお尻だけではなく、もうひとり、上村上等兵のお尻にも、弾丸はあたった。二人ともお尻でも、弾丸のあたった場所がちがうということだったけど、どうちがうかは、ぼくはしらない。

　軍曹殿と上村上等兵、初年兵の浜田はおなじ分哨だったのだ。ぼくたちの中隊は、粤漢線という鉄道の警備がおもな任務だった。だから、二、三キロおきぐらいに、鉄道の線路からちょっとはなれた、すこし小高くなっているようなところに、いくつかの分哨があった。

　分哨のまわりは地形を利用して、土を盛りあげ、ちいさな住居があって、これもちいさな歩哨台、と言っても物干台みたいなものがつくってあった。

　たぶん四畳半の広さもないくらいの、このちいさな住居の土間みたいなところで、浜田は銃の掃除をしていて、軍曹殿のお尻と上村上等兵のお尻を弾丸は貫通したのだが、このことは、すぐ発見されたわけではないので、おびただしい血がながれ、そのなかで、軍曹殿と上村上等兵がうめきくるしんでいる姿は、たいへんなものだったらしい。部屋のなかは血だらけだったという。

　撃った浜田は、部屋をとびだしたが、どうしていいかわからず、気がへんになったのだろう。ほかの分哨の者が、たまたま連絡にきたところが、分哨の土囲いのなかを、浜田は牛の尻尾をにぎり、牛にひっぱられて、ぐるぐるまわりながら、うわごとを言っていたという。

しかし、分哨の土囲いのなかに、どうして、牛がいたのか。牛を飼っている分哨なんてきいたことがない。どこからもってきた牛だろう？

浜田は中隊につれてこられ、物置にいれられて、不寝番の監視がついた。浜田が自殺しようとしたからだ。分哨では、銃に弾丸がはいってるのは、ふつうのことだったにちがいない。中隊での、ぼくたち初年兵のみじかい教育期間でも、いつも、実弾をもっていた。それを、部屋のなかで、銃口をほかの者にむけたまま、引鉄をひくというのは、とんでもないことだ。しかも、軍曹殿と上等兵に重傷をおわせたのが初年兵ということになれば……浜田が自殺しようとしたのも、むりはない。

この温泉には、軍曹殿だけがいて、上村上等兵はいなかった。上村上等兵はどうしたのか、ときいたが、軍曹殿は、途中まではいっしょだったが、あとはしらない、とこたえた。上村上等兵は尻だけでなく、太腿のほうの肉もえぐりとられていたらしい。

軍曹殿は、うつぶせに寝て、岡山弁で、「おえませんなあ」と言った。しょうがないねえ、ぐらいの意味だろうか。オジさん（旦那）の軍曹殿には、岡山弁がよく似合った。

この温泉で軍曹殿の魚撃ちのお供をしたりしてるのは、前には想像もできなかった、のんびり、らくなことだったが、戦争がおわる前にも、まったく夢みたいだな、とおもうような、みじかいあいだだが、そんなときがあった。

行軍に落伍したときもそうだ。落伍はたいへんに不名誉だけど、行軍に落伍して、安慶の兵站にいたときは、たちのわるい粘液便はつづいてたが（もう、アメーバ赤痢だったのだろう）、たいへんにらくだった。

しかし、このとき、行軍を落伍し、揚子江の対岸の安慶にはこばれてきた者は、大隊で二十人ぐらいはいたはずなのに、安慶の兵站では、ぼくとおなじ中隊の乙種幹部候補生の伍長さんと二人きりだった。ほかの落伍者は、いったい、どこにいったのか？

そして、ぼくは安慶から、揚子江のもっと上流で、対岸になる九江にきたのだが、どんなふうにして安慶をでて、九江についたのか、そのあいだのことが、まるっきりわからない。あるいてきたわけではないから、揚子江をさかのぼる船にのったのだろうか、まるっきりおぼえていない。

ただ忘れてしまって、記憶にないだけかもしれないが、その前後のことは、わりとよくおぼえてるのに、なぜ、そのあいだのことだけ記憶にないのだろう。伍長さんは九江にはきていない。とすると、安慶の兵站で別れたのか？　いったい、どんな（船種ではない）船に、ぼくはのったのか？

いやなことは、忘れやすいという。なにか、安慶から九江に船でくるのに、いやなことでもあったのか？　船ではこばれれば、つらい行軍をしなくてすむんだから、いやなことどころか、こんならくなことはないではないか？

事実、九江から武昌までの船の上では、ぼくは、たいへんにのんびりし、こりゃ、らくだなあ、とおもったのをおぼえている。

そして、ぼくは心が和み、ぼんやり、ため息をくりかえすような気分だった。心が和んだみたいになったときは、なににたいしてという対象もすがたが消える。それと同時に、このぼくのすがたも消えるようで、ぼくは揚子江のなかにとけこみ、揚子江もぼくにとけこんで、ただ、そこに、川の流れと、はるかな岸と、土手の草と空があった。

ぼくは、あさはかにも、揚子江をケイベツしていた。朝鮮の釜山からのった列車で、はるばる、南京の対岸の浦口まできて、列車をおり、これが揚子江だ、と言われたとき、ぼくは、なーんだ、とおもった。

たしかに、川幅はひろい。だが、水は赤茶け、量感がなかった。それは、ぼくが瀬戸内海でそだったためだろう。瀬戸内海の陸と島とのあいだ、島と島とのあいだには、こんなに、川みたいにほそ長い海流がある。しかし、やはり海で、水の量感がまるでちがう。ぼくは、バカみたいに、瀬戸内海と揚子江を比較したのだろう。

しかし、九江から揚子江の上流に、船がすすんでいくうちに、ぼくの心に、ふっと和むものがあり、それは、空《くう》のようにかるく、ぼくの心にひろがり、心をひたして、つまりは、ぼくは揚子江ととけあってしまったようだ。

船がちいさなポンポン船で、水面のすぐそばに、ぼくがいたりしたせいもあるかもしれないが、こんなふうに、心が和むときには、その理由などは外のものになる。川の中州の枯れ朽ちた草、そのなかに萌えでてる青い草、どこまでも水面で、水鳥がいっぱい、点々とくろく浮いていて、それがとびたつと、川面がぎん色のひっかき傷をつくり……。

ただ、どうして、九江から武昌にいくこの船に、ぼくがのっていたのかが、わからない。

前にも言ったことだけど、九江で、ぼくたちがいたところは、爆撃ではんぶんくずれたコンクリートの建物で、おもに行軍で落伍した初年兵たちが、ぼくたちの独立旅団だけでなく、ほかの部隊の初年兵もいっしょに、なん百人もいた。

ぼくなどは、いちばんあとで、九江についたほうなのに、なん百人も待っている初年兵のなかから、この船にのっている。

この船にのっていたのは、中国人の船長と機関員のほかは、船舶輸送の暁部隊の見習士官に上等兵、そして、行軍落伍のぼくたち初年兵は十人ほどだった。

緊急の医薬品をつんだ船で、ぼくたちは、それを船につみこむ作業もしたが、そのころは、もう敗戦に近く、揚子江には、上流の敵地区から流れてくる機雷や、敵の飛行機が投下する機雷がたくさん浮いていたらしく、そのため、船底のあさい、ちいさなポンポン船で、緊急の医薬品をはこぶのだということだった。

ぼくたち便乗させてもらった（？）初年兵の任務は、交替で、川に浮かんでる機雷を監視することだった。

それで、機雷を見つける方法みたいなことを、船舶部隊の見習士官にたずねると、機雷は川の表面に浮いているのではなく、すくなくとも、水面下一メートル半とか二メートルぐらいのところにあるとかで、そんなことでは、揚子江の川の水はにごってるから、機雷を見わけることなんかできやしない。

それなら、いっしょうけんめい、機雷の監視をしていても、むだなわけで、機雷監視のため、船の舳先に腰をおろしたぼくは、軍靴を脱いだ素足を舳先からぶらさげ、のんびり、まわりの景色をながめることにした。

こうして、川面につきでた船の舳先にすわっていると、揚子江のなかへなかへと、からだごとはいりこんでいくようでもある。

九江で、なん百人も待機していた初年兵のなかから、ぼくなどが、たった十人ばかりのうちにえらばれるわけがない。では、どうして、ぼくは、船にのっていたほんの十人ほどの初年兵のなかにいたのか？

もしかしたら、この船に便乗する初年兵をつのり、これに、ぼくが志願したのではないか？　軍隊で、ぼくがなにかに志願するなど大笑いだが、ただ、行軍だけは、ほとほといやで、行軍をしないですむならば、と、ぼくは、九江から武昌まで緊急の医薬品をはこぶこの船にのるのを志願したのだろうか？

ぼくがまるっきりおぼえていない安慶から九江への船の場合は、どんなことだったのか？

九江から武昌への船のなかでの、あることをおもいだす。夜、甲板の柱に初年兵がしばりつけられていた。ポンポン船だから帆柱などはないが、その柱は、わりと舳先の近くにあり、船尾のほうに操舵室のあるポンポン船だったので、その初年兵は、ぽつんとはなれて、柱にゆわかれていた。

軍隊でも、懲罰のために、だれかをしばりつけるということはなかった。これよりもあとのことだが、やはり、柱にしばりつけられた初年兵を、一度だけ、ぼくは見た。この男は、広島県のぼくとおなじ町からきた男だったが、気がくるって、ひとの食べものに、見さかいなく、手をだすようになり、縄でしばられたのだ。

船の甲板の柱にしばりつけられた初年兵も気がくるったのだろう。だが、空腹のために、気がへんになったのではあるまい。この船では、ぼくたちは、たっぷり食べさせてもらった。これは、たいへんに意外なことで、また、いやな感じもある。

では、その初年兵は、どうして、気がくるったのか？　気がくるった者を船にのせるわけはない。船にのる前は、すくなくとも、ふつうだったのだろう。では、船にのったあとで、その初年兵に、なにがおきたのか？

船の上で、その初年兵がひどい制裁などをうけたわけではない。船舶部隊の若い見習士官も上等兵も、ぼくたちには、とてもよかった。よすぎたぐらいだ、これも、いやな感じがある。

くりかえすが、だったら、なぜ、その初年兵は気がくるったのか？　空腹や、痛いめにあったりすることのほかに、気がくるう原因には、恐怖なんかもあるのではないか……。


ぼくは温泉から中隊にかえされ、しばらくして、有元軍曹殿が死んだという噂をきいた。それも、温泉でメチル・アルコールを飲んで死んだときいて、ぼくはいやな気持になった。

ぼくが中隊にかえされるすこし前に、ぼくたち兵隊や、軍曹殿などの下士官の宿舎からすこしはなれた谷あいの草むらのなかから、ドラム罐が発見された。ドラム罐は三コで、二つは空だったが、あとのひとつに、アルコールくさい液がはいっていた。

しかし、エチル・アルコールかメチル・アルコールかはわからない。エチルならば飲めるが、メチルだと危険だ。

この温泉は、もともとは、軍曹殿のように戦傷をおったような者の保養地だから、医務室もあり、衛生兵も軍医もいて、ほぼ、エチル・アルコールにまちがいあるまいということだったけど、少量でもメチルがまじってると、命とりになる。

ドラム罐のなかのアルコールをとってきて、火にふりかけ、そのときの炎が青色ならばエチル、赤だとメチルだと言って、実験をした者もいた。炎の色は、赤とも青とも、そうはっきりはしなかったが、ま、青いようだった。

しかし、これは、燃料用のメチル・アルコールは、飲用できないことを示すため、赤い色がつけてあったりするのを、バカみたいに、炎の色にうつしかえただけだ、とわらう者もあった。

ただ、これがエチル・アルコールとなるとたいしたもんだ。なにしろ、ドラム罐一本ある。えーい、めんどくさい、ぼくが飲んで死なかったら、みんな飲んでくれ、そのかわり、ぼくが死ななかったら、たっぷり飲ませてもらいますからね……と、ぼくが実験台になって、このドラム罐のアルコールを飲んだ、と、あとで、ぼくはみんなにはなしてきた。

ぼくたちの歳ごろで兵隊にいった者は、特攻隊員にえらばれたとか、特攻隊員になりたかったとかいう人がおおい。しかし、特攻隊員というのが、どういうものかしらないが、ぜんたいの兵隊のなかでは、ごくごくわずかな数ではなかったのか。

また、たとえ、ぼくが、航空兵とか特殊潜航艇搭乗要員を志願したりしても、まちがっても、飛行機などにはのせてもらえなかっただろう。地上勤務の航空隊員になれたともおもえない。歩兵部隊の幹部候補生の試験の途中で、中隊にかえされてるぐらいだもの。

しかし、戦争もおわったあとで、ドラム罐のなかのアルコールがエチルかメチルかってことになったときは、ぼくは……なんて、いい調子で、ぼくははなしてきたのだ。たしかに、ぼくはおっちょこちょいで、そのため、あぶなっかしいこともした。だが、このアルコールのドラム罐のときは、おっちょこちょいのヒロイズムよりも、ドラム罐からアルコールをとりだしては、ちびちび、だらしなく飲んでいて、そして、いつか酔っぱらい、ずるずるべったりに、つい、よけいに飲んでしまったというぐらいのことではないのか。

ぼくが死ななかったので、お祭さわぎで、みんなが一斉に飲みだしたといったふうではない。そんなことならば、ぼくみたいな初年兵が、その後も、ちょいちょい、このドラム罐のアルコールを飲んでいたということはあるまい。みんな、まだ、このアルコールをこわがっていたのだ。しかし、軍曹殿は、よほど酒好きだったのだろう。毎日のように、このドラム罐のアルコールを飲んでいた。

軍曹殿は、やはり、あのドラム罐のアルコールを飲んで死んだのかもしれない。復員し、内地にかえってからのことだが、ぼくがテキヤの子分のとき、親分《おやじ》と姐さんといっしょに、ある夜、新橋烏森のマーケットにバクダンを飲みにいった。

バクダンというのは、闇のアルコールを水で割っただけのものだが、これを飲んだ翌日から一週間ばかり、親分は寝ついてしまい、さいしょの三、四日は目も見えず、ひどい状態だった。

バクダンのなかのメチルにやられたのだ。ところが、親分よりも、よけいにバクダンを飲んだぼくは、いくらか二日酔になったかもしれないが、まるっきりけろっとしていた。やはり、ぼくが若かったためだろう。だから、軍曹殿も……。

有元軍曹殿は浜田にもやさしくて、よくしてやってたらしい。あんなホトケさんみたいな班長は、ほかにはいない、とみんな言っていた。だから、甘やかされた浜田は、ほかの分哨にいったら苦労するぞ、とよけいな心配をする者もいた。その浜田から、故意ではなくても、軍曹殿は小銃で尻を撃たれた。

軍曹殿は、ぼくにもよくしてくれた。あの温泉で、軍曹殿の魚撃ちのお供をしていたときなど、ほんとに、夢のようにのんびりした毎日だった。その軍曹殿を、浜田のつぎには、このぼくが……。

鏡の顔

阿片錠というのをもらった。阿片という字が錠剤に打刻《うっ》てあるのが、おかしかった。直径一センチぐらいのひらたい錠剤で、はったい粉みたいな、なんだかおぼつかない色だった。

はったい粉のことは、東京あたりでは、麦こがし、と言ってるらしい。ぼくたちの町では、子供が駄菓子屋で買うものだった。ぼくは東京の千駄ヶ谷で生れたが、瀬戸内海の軍港町でそだった。麦こがしという言葉は、戦後、東京の大学にいくようになってから知った。

ぼくは、昭和十九年に徴兵検査をうけた。戦争がはげしくなって、文科系の学生の入営猶予はなくなり、満二十歳の徴兵年齢も、この年から一年くりあげられ、ぼくたちは、満十九歳で徴兵検査をうけた。

ぼくたちの徴兵検査は、昭和十九年の夏のはじめだったのではないか。徴兵検査のときは、パンツではなく、かならず、(越中)フンドシを着用のこと、という達しがあったとおもう。

越中フンドシだと、M検（性病検査）のとき、軍医の前に立って、紐にとおした布《きれ》をひきぬけば、前がひらき、痔の検査のときも、尻のほうをめくって、尻をつきだし、床にチョークで印をつけたところに両手をつけばいいので、便利だったのだろう。

ともかく、フンドシひとつでも寒くはなく、また、とくべつ暑かった記憶もないから、ぼくたちの徴兵検査は、昭和十九年の夏のはじめだったのではないかとおもう。

徴兵検査は、ぼくが育った瀬戸内海の軍港町の小学校の講堂でうけた。徴兵検査は本籍地でうけるのだが、静岡県庵原郡富士川町中之郷から、この軍港町に本籍がうつしてあったのだ。

戦争がはげしくなって……はげしいなど安易な言葉をつかったが、まだ空襲をうけてない地方の町でも、戦争による、毎日の暮しの変りようは、月ごと、日ごとに、目に見えるようだった……交通なども不便だし、父は、静岡から本籍をうつしたのだろう。

ぼくが徴兵検査をうける場所が、本籍地でなければいけなかったのが、父が本籍をうつした、さしせまった理由だったとも考えられる。

徴兵検査をうけるために、食糧も交通も不便なときに、わざわざ、本籍地の静岡までいくのは、ぼくがいやだろう、と父はおもったのかもしれなかった。

兵隊検査のあと、ぼくたちの高校の文科の学年が勤労動員にいっていた九州の佐世保の海軍工廠にもどったが、夏の暑いさかりに、ひどい下痢をした。

徴用工がたくさんいる大きな寮から、そんなに大きくはない工員寮に引越してきたときで、ぼくたちの部屋は、それまで空室になっていたらしく、部屋の掃除もノミ取りもしてなかったためか、ぼくたちが部屋にはいると、部屋のあちこちで、ウソみたいに、ノミがぴょんぴょんはねていた。あんな光景を見たのははじめてで、その後も、見たことはない。

ともかく、そんな部屋に寝るよりも、廊下のほうが、うんとノミはすくない、それに、暑いさかりだし、廊下のほうが涼しいだろう……こんなことを言いだしたのは、兵隊にいってからも、いつも創意工夫をしていたぼくあたりかもしれない。

もっとも、海軍工廠の工員寮で、廊下に寝たりすると叱られるが、寮の管理者は、まさかそんなことをするとはおもわなかったのか、ぼくともう一人、高校のおなじクラスの二人の仲間が廊下に寝た。

その明け方、ぼくはひどい腹痛におそわれ、あまり大きくはない工員寮とは言っても、はるか廊下の奥の便所に、這いつくばるようにしていったりきたりした。

ふつうの腹痛でないことは、工員寮つきの衛生兵曹にもわかったらしく、まず、リュークというものを飲まされた。硫苦と書き、硫酸マグネシウムのことらしいが、すごく苦く、また、たいへんに強力な下剤のようで、その後、ぼくが兵隊で中国にいるときも、下剤はたいていこの硫苦で、ヒマシ油などは地方の甘ったれた下剤だ、と衛生兵は言った。

ぼくは硫苦を飲み、海軍病院の分院みたいなところにおくられ、そして、すぐ、海軍工廠の工員が病気になったときいく共済病院の伝染病棟にいれられた。伝染病棟ときいただけでも、世間では忌みおそれているところに、このぼくがはいろうなど、それまでは想像もしないことだった。

たしかに、伝染病棟はものものしく、やたらに消毒液くさくて、脳炎の患者がわめきさけぶ声もきこえたりした。それに、伝染病棟にはいると、医者も看護婦も患者も、みんな靴を脱ぎ、木のサンダルにはきかえる。ちょうど、便所で、便所用の下駄やスリッパにはきかえるようでおかしかったが、これも、あとになっておもったことだ。たしか、ぼくは担架で伝染病棟にかつぎこまれた。

ぼくは赤痢患者のあつかいだった。しかし、菌は検出できなかったらしい。病室は三人で、ひとりは長崎県(佐世保も長崎県だが)対馬の出身で、中国大陸を転戦したもと陸軍軍曹だというのが自慢だった。もと軍曹は、班長殿、班長殿、と部下が自分をしたって、よびかけるのを、つまりは直接話法で、なんどもはなしてきかせた。しかし、今は、徴用工のうちでもいちばんの平工員で、戦場で御国のためにたたかってきて、陸軍軍曹にまでなった者にたいして、海軍はどうおもってるのか、とぶつぶつ言っていた。

もうひとりは、ひょろっとしたからだの十九歳の電気工だった。徴用工ではなく、電気の技術もあるようなことを言っていた。そして、この男は赤痢菌をもっていた。もと陸軍軍曹も菌は検出されず、軍曹殿がどうおもったかは知らないが、ぼくは肩身がせまいような気持だった。

この十九歳の男は、もう、ほとんど健康体で、だいいち、普通食をたべていた。しかし、まだ、菌があるので退院できないでいる、菌が検出されなくなっても、あと二週間は入院してなきゃいけない、とこの男はコボしていたが、そのコボしかたものびやかだった。

もと陸軍軍曹殿は故郷の対馬の村から送ってきたという蜂蜜の壺をベッドの上で抱きかかえ、うまか、ほんにうまか、とすくいなめしては、ベッドのあいだで、便器の上にしゃがみこみ、うなっていた。

もと軍曹殿は赤痢をこじらせてしまったのだ。赤痢患者は口がいやしく、チフス患者は口がきれいだ、と、中国で下痢をしているとき、ぼくも、なんども悪口を言われた。

共済病院の伝染病棟を退院してから一週間は寮で安静にしていて、ぼくは、また海軍工廠にいきだしたが、なんどか下痢をし、それでも、食べるものがあれば、ガツガツというように食べ、粘液便などももうふつうになっていた。

そんなある日、海軍工廠の工場で便所にいくと、とろとろっと血便がでて、ぼくはみような気持になった。

それまでも、いやな下痢をしてることは、工員寮の衛生兵曹にはうったえていたのだが、血便がでれば、はっきりした証拠だ。もっとも、伝染病棟を退院してきたのに、また腸をわるくしてしまったわけで、げんに腹はいたいし、いい気分のものではない。

ともかく、ぼくも、もと軍曹殿とおんなじで、赤痢をこじらせてしまったわけだが、こじらせっぱなしで、終戦、復員したあとも、悪質の下痢はつづいた。

それに、ぼくは菌もでた。終戦前、湖北省咸寧の旅団本部の野戦病院（と言っても、掘立小屋だったが）の伝染病棟にいれられたとき、ぼくの便からアメーバ赤痢菌が検出されたとかで、伝染病棟の係りの衛生曹長まで、でた、でた、菌がでた、とはしゃいでいた。アメーバ赤痢の菌は、なかなか検出できないということだったのだ。

ぼくも、これで、アメーバ赤痢患者としてのタイトルをあたえられたみたいで、うれしかった。うれしかったなど、ふざけた言いかたにきこえるだろうが、事実、ぼくはうれしい気持だった。だいいち、ぼくがふざけた人間だからだろう。それに、アメーバ赤痢の菌がでたのならば、当分は、中隊にかえらずに、野戦病院の伝染病棟にいられる。

海軍工廠の工場の便所で血便がでて、結果、ぼくはうまくやったような気になった。

休日を利用して、佐世保から福岡にいき（ぼくたちの高校は福岡市にあった）、九大の医学部で診断書をもらってくると、工場の監督官の海軍造機大尉が、長い休暇をくれたのだ。ぼくたちの勤労動員は、動員法にもとづくもので、かってに休んだり、逃げたりすると、法律で罰せられるということだった。

そのまま、ぼくは佐世保海軍工廠にはかえらずに、うちでぶらぶらしていて、おなじ昭和十九年の十二月の末に、山口の聯隊に入営した。

そのあいだに、佐世保の海軍工廠に勤労動員にいっていた、ぼくたちの高校のおなじクラスの者も、ほとんど、陸海軍のなにかに志願した。

いちばんおおかったのは、新しくできた陸軍の特別幹部候補生というのだった。ぼくたちは旧制高校の最終学年で、この試験をうける資格があり、試験にとおれば、すぐ、軍服の襟に座金のついた伍長で、特別幹部候補生の学校をでると、見習士官になる。それに、直接、特別幹部候補生の学校にいくので、初年兵のつらい内務班暮しをしなくてもいいともきいた。

こんな志願がいくつかあったのだが、ぼくは、なにも志願しなかった。もう、そのころは、なにかに志願しても、入営日を待っても、志願のほうがはやく軍隊にはいるとはかぎらなかった。だから、高校のぼくのクラスの者も、みんな、なにかに志願したのではないか。

それなのに、ぼくがなんにも志願しなかったのは、反抗するような気持があったわけではない。ただ、志願なんてことは、まるっきり、ぼくの頭になかったのだ。

では、なぜ、ぼくの頭になかったのか？　だいいち、どんな志願でも、このぼくが試験をうけて、とおるわけがない。げんに、ぼくは、初年兵で中国にいるとき、幹部候補生の試験をうけなければいけないので、しかたなく、試験をうけたが、試験の一日目に、かえれ、と言われて、中隊にかえされている。

しかし、試験をうけても、どうせとおらないのに、わざわざ、試験をうけにいくのはめんどくさい、ということのほかに、なにかありそうだ。

いや、あるのではなくて、だれにでも、あたりまえにあるものが、ぼくには欠けてるのだろう。

前にも言ったけど、ぼくが山口の聯隊に入営したのは、昭和十九年の十二月末だが、その前に……たぶん、十一月ごろ……父が、東京にいってみたいなら、いっておいで、と言った。旅費をやるということだ。

父は、どの派にも属さない独立教会の牧師で、戦争がひどくなるにつれて、瀬戸内海の軍港町の山の上にある教会にくる信者も、うんとへっていた。

独立教会をつくったときから、家計のやりくりが苦しいと母はコボしていたが、父は、ぼくが兵隊にいく前に、せめて、東京ぐらいは見させてやりたいとおもい、その旅費を、なんとか、用意したのだろう。

ぼくは、父が東京の千駄ヶ谷の市民教会という教会にいたとき生れたが、たぶん、満一歳にならないうちに、九州の小倉にいき、八幡にうつり、瀬戸内海のこの軍港町にきた。ぼくの子供のときの記憶は、この軍港町にきてからだ。

その後、母につれられて、一度、神戸のミッション・スクールをたずねていったことがあるだけで、ぼくは、大阪も京都も、もちろん東京もしらなかった。

父が、東京にいってみたいなら、いっといで、と言ったとき、そして、東京のかえりに、静岡のうちのお墓を見てくるか、とも言ったかもしれない。

父は、静岡県庵原郡の岩淵（今の富士川町）で育ち、中学のときから、東京にでてるらしい。だが、なんという中学にはいり、そのあと、どういう学校にいったのかは、わからない。おそらく、中学も、そのあとの学校も、いくつかかわってるのだろう。

父は、いわゆる昔のことなどは、ほとんどはなさなかった。昔のことを隠そうとしたり、さけたりしていたわけではあるまい。なにしろ、父は、朝から晩まで、イエス・アーメン、アーメン・イエス……で、イエスというひとも、自分の昔のことなんか、あまりはなさなかったのではないか。しかし、父はイエスを見習ったというより、現在、イエスにとっつかまって手一杯といったぐあいだったのだろう。

父が英語学校（これも、中学なのか？）にいってるときの英語の先生は、漢文を読むのとおなじように英語をよみ、ぼくが子供のころでも古めかしかった漢文素読調で、「ジス・イズ・アー・ペン」と母がその真似をしたりした。

父の言葉に静岡訛があったかどうか、ぼくにはわからなかったが、だいたい東京弁のようだった。自分は言葉をおぼえるのがへたで、と父は言っていた。九州にいっても、九州弁をおぼえず、瀬戸内海の軍港町は、ここで死ぬまで、父の生涯でいちばん長くいたところなのに、まるっきり土地の言葉はだめだった。

アメリカにも十なん年かいて、ふつう、ニホンで学校にいった者は、すぐ、アメリカの大学にはいるが、父は言葉をおぼえるために、まず、小学校にいったというが、英語はヘタだったねえ、と父はわらっていた。

戦後、進駐軍のアメリカの将校がうちに遊びにきて、父とはなしてるのをきくと、「スノウ・カム!」(雪が降る) なんて言ってる父の言いかたは、まるでインデアンみたいだった。

そんな父がたったひとつおぼえたのが東京の言葉だったのだろう。三十年も、瀬戸内海の軍港町の山の教会にいながら、今でも、列車が東京をはなれるときは、なんだかさみしくてね、なんて父は言っていた。

父は、富士山のことは、ときどきはなした。子供のときは、毎日、富士山を身近に見ており、また、みんなそんなに富士山に登らなかったころ、父は、なんども富士山に登ったと言っていた。それに、富士川の河口あたりの海岸に泳ぎにいったはなしもした。こんな瀬戸内海の海とちがって、波があらく、岸べに打ちよせる波のなかにまきこまれると、子供の頭ぐらいの石がぐるぐるまわっていて、それに頭をぶっつけて……みたいなこともはなした。

そんなとき、泳ぎにいくことを、父は、水浴《みずあ》びにいく、と言った。ぼくたちがいた瀬戸内海の軍港町では、ふつうの会話で、海水浴を海水《かいすい》と言った。

しかし、ぼくは、この海水という言葉はつかえなかった。みんながそう言ってるのに、言えなかった。ところが、ぼくと一歳ちがいの妹は、海水としか言わない。

うちのお墓のあるところは、お寺の墓地ではなく、小山のようになっていて、そこから見える富士山がまたいい、などと父ははなした。東京から東海道線でいくと、そこだけが、列車の左の窓から富士山が見えるところで、左富士という名があるそうだ。

しかし、父が左富士などと言ったのは、きいたことがない。父だって、左富士という言葉はきいたかもしれないが、そういう言葉は、父の頭のなかにははいらなかったのだろう。

また、故郷という言葉も、父からはきいたことがない。これも、父が故郷をきらったり、さけたりしていたのではなく、故郷という言葉が、父の頭のなかでいる場所がなかったのだろう。

そんなこととはべつに、父は、東京や、生れ育ったところ、自分のうちのお墓には、とくべつの気持があったはずだ。だから、ぼくに、東京や、そのかえりにうちのお墓も見ておいでよ、と言ったにちがいない。

ところが、ぼくは、東京にも、うちの静岡のお墓にもいかないよ、とあっさりこたえた。

父は、前から、ぼくに東京や静岡のお墓なども見せてやりたいとはおもっていたかもしれないが、口にだして言ったことはなく、ぼくとすれば、まったく不意にきかされたことで、ところが、それに、ぼくは、いかないよ、とあっさりこたえた。

父はぼくがヤジ馬なのを知ってるから、東京にいく旅費をやると言えばよろこぶとおもってたにちがいない。だから、父には意外だっただろうが、ぼく自身も、自分があんまりあっさりこたえて、すこしおどろいた。

それで、ぼくは、今どき、東京にいったって、しょうがない、と父に言った。もう、東京では空襲がはじまっていたが、べつに、ぼくは空襲がこわかったわけではない。また、交通も不便だったけど、これもいそがなければ、なんとかなる。しかし、そんな旅行のあいだの、食べる物のことを考えると、東京なんかにいく気がしなかったのだ。

ぼくはヤジ馬だが、食べる物のことを心配しなくちゃいけないのが、ただめんどくさかった。それに、ぼくには、兵隊にいく前に、一度、東京や父の生れ育ったところを見ておきたいという気持が、まるっきりなかった。こんなのも、だれにでもふつうにあって、ぼくに欠けてるものだろう。だいいち、ぼくは、げんに、もうすぐ、兵隊にとられるのに、兵隊にいく前に、という気持もなかったのだ。

阿片錠を飲むと、阿片で腸が麻痺し、蠕動をやめ、排泄物を下のほうに送りだす作用をしなくなる……こんな完全な下痢止めはない、と衛生兵の兵長は説明した。ただし、腸のなかに、なにか、からだにわるいものがあった場合も、腸の蠕動、排泄作用によって、そのわるいものを、体外に送りだすのだが、その作用も、阿片で腸が麻痺すればとまってしまう。だから、きわめて危険な下痢止めでもある、とも衛生兵の兵長は言った。

それで、阿片錠を長期間にわたって、下痢止めとして使用することはできない、あくまでも、緊急用の臨時の処置である、列車にのっているあいだだけ、阿片錠を使用すること、とぼくたちは注意された。

それにしても、これはうれしいことだった。ぼくは終戦の翌年になって、湖北省咸寧の伝染病棟に、またはいっていた。終戦前の、咸寧に旅団本部があったころの伝染病棟でもバラック小屋のようなものだったが、敗戦のあとのこの伝染病棟は大きな馬小屋みたいなもので、屋根があるというだけの建物だった。

そんなのを、病棟と言うのもおかしいけれど、ぼくたち、もと日本兵の病人がいるのは、この伝染病棟だけだった。ここの病人はみんな伝染病だったのだろう。

終戦の翌年の一月末に、ぼくがこの伝染病棟にくるまでに、中隊は、なんどか移転させられ、そのたびに、こんどこそ内地に復員だときいたのだが、移動ごとに、わずかでも隠してもっていた食糧などがなくなり、中隊はすかんぴんになってしまった。

ぼくがこの伝染病棟にはいってからも、自分であるける者は、なんどか、病棟をでていっている。その連中は、ぼくたちよりもはやく内地にかえれて、うまくやったな、とうらやましかったが、じつは、そういう連中も、そんなにすんなりとは内地にかえっていないのが、あとでわかった。

このままでいれば、だいたい死ぬことはまちがいないだろう、という手紙をぼくは両親あてに書き、おなじ広島県の東大法科の学生だった男にことづけたが、この男は、内地への復員船にのる前、中国にいるあいだに死んだらしい。この男は結核だったのだが、ぼくが寝てる伝染病棟をでていくときは元気そうで、甲種幹部候補生の座金がついた兵長の襟章が、敗戦になっても、すっきりしゃんと背筋がのびた姿によく似合った。

くりかえすが、ぼくは、この伝染病棟にいるあいだに、まちがいなく死ぬだろうとおもっていた。ぼくがおもうだけでなく、軍医も、おまえ死ぬよ、と言った。

軍医は中尉だったが、ポツダム中尉なのかもしれない。歳はいくつぐらいだったのか、今、そのときのままのこの軍医中尉の姿を見たら、ちいさな男の子が、七・五・三の祝いに軍服を着たみたいな若さに、ふきだすかもしれない。

ともかく、この軍医中尉が、おまえ死ぬよ、とぼくに言ったのが、今だに、ぼくはおかしくってしょうがない。

あの軍医中尉は、なぜ、そんなことを言ったのか？　あんまり酒を飲みすぎると、死んじまうよ、と医者が患者に注意したりするのはわかる。だけど、ぼくは、げんに下痢とマラリアと栄養失調で死にかけており、死にかけているぼくに、なんで、おまえ死ぬよ、などと軍医は言ったのだろう？

さっぱり見当はつかないが、ぼくが、きょう死んでも、明日死んでもあたりまえみたいな状態にありながら、死にかけてる者のマジメさに欠けており、軍医は意識しないで、それをたしなめたのではないか。

死にかけていて、あまり身うごきもできないが、それでいて、ふーらら、ふーらら、ぼくのかるがるしいところが、軍医の目についたのかもしれない。

また、ぼくは、もうすぐ死ぬにちがいないが、死ぬ前に、内地にかえれないのがざんねんだ、父や母や妹にあえないのはかなしい、なんてことは、まるっきりおもわなかった。

内地にはかえりたかった。ぼくがなにかをねがったことのうちで、あのころ、内地にかえりたいとおもったことほど、せつなくおもったことは、ほかにはあるまい。そして、内地にかえりたいというのは、父母や妹のいるうちにかえりたいということだ。

しかし、こんな伝染病棟で死ぬのはいやだ、その前に内地にかえり、父母や妹にあいたいとは、ほんとにまるっきり、ぼくはおもわなかった。

くりかえすが、内地にはかえりたい。父母や妹にもあいたい。だが、死ぬ前に、内地にかえり、父母や妹にあいたい……というフレーズにはならないのだ。ひとには、ごくふつうにあって、ぼくには欠けてるものは、このフレーズが成立しないことかもしれない。

兵隊にいく前に東京を見て……という気が、まったく、ぼくにはなかったのは、旅行中の食糧のことがめんどうなのはべつにして、兵隊にいく前に東京を見て……というフレーズが、ぼくにはなかったのだろう。

そして、前にも言ったが、兵隊にいく前に、というフレーズも、ぼくにはなかった。兵隊にいくときは、だれでも死ぬことを考えるというけど、ぼくは、ぜんぜん、そんなことは考えなかったのも、おなじようなことかもしれない。

兵隊にいくときには、だれでも死ぬことを考える……というフレーズが、ぼくにはなかったのだ。そもそも、兵隊にいくときには、というフレーズが、ぼくにはなかった。

ま、ともかく、ぼくはまだ生きていて、この伝染病棟も解散になり、ぼくたち病人が貨車で揚子江岸の武昌のほうにはこばれるというのは、うれしいことだった。

しかも、その貨車のなかで下痢をしないように、と阿片錠までもらったんだから、こんどこそは、確実に、内地に近づけるはずだ。だけど、阿片錠の阿片で腸が麻痺したら、腸が蠕動をやめ、したがって、排泄物を下のほうに送りだす作用もしなくなるというのは、どうだろう。

この伝染病棟の土間で、ぼくのよこに寝ていた、おなじ初年兵の池田のことを、ぼくはおもった。

伝染病棟のうしろの隅で、便所にいかない（いけない）ため、クソまみれになって寝ていた上等兵が死に（あの上等兵は、なんの病気だったのだろう？　ああなると、もう、なんの病気ということもないのか）、池田といっしょに、その場所を片づけて、ボロなどを病棟の裏にはこんで焼いたとき、池田は、土のなかから、アヒルだかなんだかの骨を見つけた。

もう古い骨で、はんぶん朽ちかかっていたが、池田は、骨はカルシウムで、栄養があると言い、それをかじって、のみこんだ。

それから、ほんの三十分ぐらいして、池田は肛門から血をながした。血便といったものではなく、あざやかな鮮血で、あんなのは、ぼくもはじめて見た。

きれいの軍医中尉も見にきたが、池田は、軍袴や自分が寝てるところを、血で汚してしまったので、弁解をした。

「急に、ストーンと血がでてしまったのであります……」

「ふーん、ストーンと血がでたか……」

軍医中尉は、いくらかおもしろがって、池田の言葉をくりかえしたが、このことで、なにかの処置をしたわけではない。

このあとすぐ、池田は死んだ。ということは、三、四日あとに、池田は死んだのだろうか。

このとき、立ったまま、池田は血で汚れた軍袴や寝る場所をゆびさして、軍医に弁解しているし、急に、ストーンと血がでて……なんて言いかたも、おちついていたからだ。だが、そんなにあとではなかったのかもしれないとも、ぼくはおもいだした。じつは、ぼくは、このあとすぐ、という言葉でおぼえていたからだ。

今、考えるならば、さっきも言ったように、このあとすぐ、というのが、三、四日あとぐらいにおもえる。

しかし、あのとき、そのときすぐ、とおもったのは、その日のうちに、池田は死んでしまったのかもしれず、また、急に、ストーンと血がでて、などと軍医に弁解していたあと、ほんの一時間ぐらいで、池田は死んだのかもしれない。なにかを、言葉で記憶していることがあるのに、気がついたわけだが、その言葉のつまりは解釈によって、あれこれちがってくるから、あやしいもんだ。

池田の肛門からでた血は、ぼくが寝るところにもはねかえっており、ぼくも手伝って掃除などをしたが、その血のなかに、さっき、池田がかじった骨があった。

人間の腸の長さは、背丈のなん倍もあるとかきいたが、池田がかじった骨は、腸の蠕動により、体外に送りだされたものとはおもえない。逆に、腸が腸のはたらきをしていないので、それこそ、ストーンとでてきたのではないか。

なんヵ月かあと、ぼくも、南京で、杏子の実をたべ、ほんの十分ぐらいで、杏子の実がでてきたことがあった。このときも、腸がバカになっていたのだろう。

だから、阿片錠を飲むと、それで腸が麻痺し、排泄物もでなくなるというのは、腸が正常のはたらきをしている場合ではないのか。ぼくたちみたいな者が阿片錠を飲んだところで、下痢止めの効き目があるのか、とぼくはうたがったのだ。

終戦の翌年の一月末、中隊からこの伝染病棟にきたときは、四年兵の兵長と乙幹（乙種幹部候補生）の軍曹もいっしょだった。

四年兵の兵長は、いつも背中をかがめている、ジジムサイようなひとだった。顔も手足も、老人のしなびた皮膚みたいで、草でも食べなきゃ、死んでしまう、と、そこいらの雑草を飯盒で煮て食べていた。背中をまげて、飯盒のなかをのぞきこんでるそんな兵長の姿を、ぼくはジジムサイものとして、おぼえているのだろう。

この兵長は、あちこち転属させられてきたひとで、どこでも余計者あつかいにされたのだろう。ぼそぼそ、ひとりごとを言ってるようなひとで、四年兵だが、中隊でもバカにされていた。

兵長は歩兵砲の中隊にもいたことがあり、歩兵砲の射手もしたというのが自慢だった。ところが、もう終戦も近いころ、湖南省も湖北省に近いはしのほうで、鉄道警備がおもな任務だったぼくたちの中隊のある分哨のそばを、夜の一定の時間に、二、三百人の中国兵が、ぞろぞろ、鉄道の線路をわたってあるくようになった。分哨には、三、四人の兵隊しかいないから、おっかなびっくり、それを見ていたが、こんなにおおっぴらに、ぞろぞろ敵兵にあるかれたんでは、中隊ないしニホン軍のコケンにかかわるとおもったのか、どこかにあった歩兵砲をひっぱりだしてきて、中国兵を撃つことにした。それで、この兵長は歩兵砲の射手だったというので、分哨によばれ、中国兵たちがとおる道に、昼間のうちから、丹念に歩兵砲の照準をあわせた。その夜も、中国兵たちは、ぞろぞろあるいてきて、鉄道線路をこし、兵長は、そのどまんなかに、歩兵砲の砲弾を撃ちこんだはずなのだが、敵兵は一人も死なず、負傷した兵隊もなかったらしい。

伝染病棟にくる前、中隊がいたところで、この兵長が、なにかはなしかけたりする相手は、ぼくぐらいだったかもしれない。

それは、ぼくも兵長も下痢をしており、便所へのいきかえりがめんどくさく、便所のそばで日向ぼっこなどをしていたためもあっただろう。

便所といっても、野っ原にほそ長い穴を掘り、それに、両足をかける板がわたしてあるだけのもので、兵長は、雑草をひっこぬいてきては、便所のそばで、飯盒で煮ていた。食べられない草でもなんでも、腹のなかにいれておかなきゃ、死んじまうというのだ。もちろん、燃料になるような物もあまりなく、兵長は、ほとんど生で雑草を食べていたのではないか。

乙幹の軍曹は、終戦後に中隊にかえってきたひとだが、それまでも、中隊にはほとんどいなかったらしい。

この軍曹も、中隊のほかの者とはなしたりしてるのは見たことがなく、また、乙幹の下士官も、中隊では、この軍曹だけだった。

軍曹もおかしなひとで、やはり、ひとりごとなどを言っていた。だいいち、このひとのかぶってる略帽（軍帽）がおかしかった。

とくべつかたちのちがう略帽ではなく、みんなとおなじ略帽で、それに、ごくふつうにかぶってるのに、なにか、ほかの者が略帽をかぶってるのとちがう。

これは、学校でもそうで、みんなとおなじ学帽を、みんなとおなじようにかぶっていながら、どこかちがう者が、学年に一人ぐらいいる。

帽子のかぶりかたなんか、たいしたちがいではないみたいだけど、学年に一人というのは、やはり、大変なことだろう。

帽子のかぶりかたみたいな、瑣細な、どうでもいいようなことが、なにかひとところちがうのは、とくべつ奇異な服装をする者などより、かなり、どうしようもなく変ってることがおおい。

また、こういう帽子のかぶりかたでは、甲幹（甲種幹部候補生）にはなれまい。やっと乙幹というところだろう。それに、この軍曹は、ずっと、中国語に関係のある、なにか、あまり軍隊的でないことをやってきたらしい。

ともかく、四年兵の兵長も、乙幹の軍曹も、中隊ではとくべつの変り者だった。それに、自分のことを変り者というのは自慢してるみたいで恥ずかしいし、また、初年兵が変り者でとおるわけもないが、このぼくも、世間的には変り者のほうだろう。

しかし、終戦後、伝染病棟（だけしかなかったのだが）に中隊からはいったのは、この兵長と軍曹とぼくだけで、それが、みんな変り者というのはおかしい。

いや、ほかのことはともかく、伝染病棟に送られるような病気をしたのが、三人とも変り者だったというのが、かねがね、ぼくはふしぎだった。偶然ということはあるまい。

ところが、きょうになって、ひょいと気がついた。変り者というのは、まわりの環境や仲間からはずれている者だ。変り者が伝染病にかかりやすいかどうかはべつにして、そういった者が、その環境や仲間から脱けていっても、これは自然なことではないか。

　乙幹の軍曹は、伝染病棟に荷車みたいなものではこばれていく途中は、水筒の水を飲ませてやったりすると、ありがとう、と大きすぎるような声で言っていたが、伝染病棟に着いてからは、病棟の土間で、からだを硬直させて、ガタガタふるえており、二日ぐらいで死んだ。死体の口のなかには、白い泡がかたまったようなものが、いっぱいつまっていて、あんなのは、はじめて見た、と衛生兵も言っていた。軍曹は高熱がつづいたらしい。

　四年兵の兵長とぼくはあるいて伝染病棟にいったのだが、十日か十五日して、気がついたら、兵長は死んでいた。もとから、兵長はしなびた老人みたいな顔つき、からだつきだったが、死体はもっとしなびて、ちいさく見えた。

　ぼくたちは、つっ立ったまま、無蓋の貨車のなかに、ぎゅうぎゅうづめにされたが、あんまりより道はしないで、揚子江岸の武昌に着いた。

　このあんまりというのも言葉として記憶しており、二、三日で武昌にいけたのか、十日ぐらいかかったのかはわからない。また、武昌までずっと無蓋貨車にのっていたわけではなく、途中、いくらかあるいたのではないか。

武昌では、武漢大学というところにいれられた。ここが病院になっていたのだ。武漢大学では、階段教室で寝た。ふつう、中学までは階段教室はなかった。ぼくも、旧制の高校にはいって、はじめて階段教室で講義をきいた。そして、高校生のままで、兵隊にきた。

ぼくが寝た武漢大学の教室は、改装して、机も椅子もなく、板張りになっていた。それがこまかく区切ってあり、ぼくは、田毎の月、という言葉をおもいだした。信州の山あいの山腹に段々になった、ちいさく区切った水田のひとつひとつに、秋の月がうつっているというようなことだったが、段々になった階段教室の、ちいさく区切った寝場所に、まだ見たことのない、信州の山あいの水田を想像したのだ。風流なことだけど、この寝場所はせまくて、どんなにからだをおりまげても、寝れたものではなかった。だから、しかたなく、おきあがって、アグラをかいたりしたが、眠れないでいると、大きなうなり声が、よけい耳についた。

翌日、わかったんだけど、戦闘でうけた傷が痛むので、そのひとはうなっているのだそうだ。戦争がおわって、もう八ヵ月以上たつのに、まだ、ずっと傷が痛んでいたらしい。

この武漢大学で、ぼくは鏡を見ておどろいた。鏡にうつったぼくの顔が、父の顔にそっくりだったのだ。

ほかのおどろきはべつとして、なにかを見ておどろいたりするときは、プラグマティズムの哲学者が言うように、まず、反射的にからだがおどろくといったふうなのだろう。だとすると、そのときのぼくのからだはひどい状態だったから、つまりは、おどろく元気もあまりなかったにちがいない。地震の震度をはかるようなことを想定すると、ぼくのおどろきの反応の震度は、そんなに強くはなかったかもしれない。しかし、そのときのおどろきは、しつこく、今でも、ぼくにからまっている。

鏡のなかのぼくの顔は、ほんとに、父の顔にそっくりだった。鏡を見て、ぼくの顔がすこしでも父の顔に似てるようにおもったことは、ほかには一度もない。だいたい、ぼくの顔は父の顔には似ていない。武漢大学で鏡を見たあと、つぎに鏡を見たのは、揚子江を曳き船で下って、南京にきたときだが、このときは、鏡にうつったぼくの顔は、父の顔には似ていなかった。武漢大学の病院で鏡を見てから、ほんの二十日ぐらいしかたっていないときだ。

ぼくたちの毎日では、鏡に慣れて、わからなくなってるけど、自分の顔でも、なんどか、鏡にうつった自分の顔を見て、それにしたしみ、だんだん、自分の顔が自分の顔になっていくというぐあいなのかもしれない。

ところが、ぼくは、昭和二十年の一月のはじめに、列車で、朝鮮半島、南満州をへて、中国にはいったあたりから、鏡など見ておらず、それが、一年四ヵ月ぶりぐらいで、ひょいと鏡を見たため、つまりは、自分の顔になってない、無修整の自分の顔を見て、それが、父の顔に似てるので、おどろいたのか？

ぼくは、父が四十歳のときに生れた。だから、ぼくが兵隊にとられる前は、父はヒゲもはやしていたし、おじいさんの顔に見えた。

武漢大学の病院にくるまでは、それこそ鏡もなかったし、ぼく自身には自分の顔つきはわからなかったけど、飢えと病気のため、ぼくも、あの四年兵の兵長みたいにジジムサイ顔つきになっており、やはり、老衰したように見えたのか。

それまで、ぼくは、顔つきからなにから、父とはまったく似たところがないとおもっていた。たとえば、若いときの父は、ウソをつくのがよくないことならば、自分はウソをつくまい、とバカまじめな努力をするような男だったらしい。ところが、ぼくはなんでもチャランポランで、それが、ぼくの取柄ぐらいにさえおもっていた。

それに、父は、なにをするのでも、アーメン・イエスの毎日だった。しかも、一日じゅう、アーメン、アーメン、とお念仏をとなえてるといったふうではなく、アーメン・イエスに、たえずつきあげられ、うしろからおされているといったぐあいだった。しかし、ぼくの口からアーメンがでたことは、一度もない。

そんな父とぼくとのちがいは、水のなかでしか生きられない魚と、水のなかでは生きられないニンゲンみたいなちがいがあった。これは、生きかたとか性格のちがいといったものではない。

そのぼくが、鏡にうつった顔を見ると、そっくりと言っていいほど、父に似ていたのだ。このおどろきは、くりかえすが、今だに、しつこく、ぼくにからまっている。

また、ぼくの顔が父の顔に似ていたのが、あの伝染病棟から武漢大学の病院にはこばれてきて、鏡を見たときだけというのも、ふしぎなことだ。

南京には、武昌の対岸の漢口から、曳き船で揚子江を下ってきたが、ここで、ぼくは真性コレラ患者として隔離される前に、鏡を見ている。だから、武漢大学の病院にいたときと、そんなに日にちもたってないし、あいかわらず飢えていて、頬のこけかたなど、やせぐあいもかわらなかったはずなのに、鏡にうつったぼくの顔は、もうまるっきり、父の顔には似ていなかった。

寝台の穴

寝台に四角い穴があいていた。五合枡にしてはかたちがちいさすぎ、一升枡のかたちでは大きすぎる穴だった。一〇センチ四方ぐらいの穴だろうか。

四角い穴は、寝台の頭のほうから、ちょうど三分の二ほどのところにあいていた。その穴も軍隊式に見えたが、それは、寝台のきっちり三分の二という穴の位置のせいもあったかもしれない。

軍隊というところは、非合理の権化みたいにぼくはおもっていた。しかし、軍隊の杓子定規さは、なんにでも合理をおしつけてるためでもあるようだった。しかも、敵である西洋の合理をだ。こんなことは、ぼくが兵隊にとられて、はじめてわかったことだった。

寝台の三分の二のところにある四角い穴は、そこに、寝ている者の尻の穴をおくためだった。

寝てる者の尻がくるところに、四角い穴をつくったのではない。寝台の四角い穴のところに、寝てる者の尻をもっていくのだ。

足にあった軍靴をはこうなんてとんでもない、足のほうを軍靴にあわせろ、と軍隊では言う。これは、合理の反対の非合理のようにきこえるが、足にあった寸法の靴をはくのは、自然なことであって、合理ではない。やはり、足を軍靴にあわせろ、と言うほうが合理だろう。

寝台の三分の二のところの四角い穴を見て、なんの穴か、とぼくがたずねると、その初年兵は、ヘッ、ヘッ、とわらった。

「寝たまんまで、便ができるようになっとるんや。コレラ患者は、いちいち、厠までいかんでもええちゅうこっちゃ。また、厠までいけん者もおるしな」

その初年兵は関西弁でおもしろそうに説明した。しゃべりかたも陽気だった。初年兵がなにかをおもしろがったり、陽気だったりするのは、身をまもるのに危険だ。

しかし、戦争がおわって、もう翌年の五月になっており、しかも衛生兵も古参の兵隊もいない、召集のオジさんの見習士官の軍医が一人いるだけのコレラ天幕では、初年兵でも、とくにおなじ初年兵の後輩のぼくなどには、ちょっぴりおもしろがったり、陽気な口をきいたりしてもかまうまい……そうおもうのが危険なのだ。

いや、ふつうの初年兵なら、おもいもしない。戦争がおわって九ヵ月たっており、実際には、ニホンの軍隊はもうないんだし、初年兵だって、ちょっぴり陽気な口をきいても、つまりは、いくらか人間らしくしてもいいだろう、なんて考えて、そんなふうにしてる初年兵は、ほとんどいなかっただろう。ぼくは、まだ、見ていない。

ぼくはつかったことがない言葉だが、なにかの契機で、自分はガラッと変った、と言う人がいる。しかし、ぼく自身は、そんな人は見たことがない。だから、本人が、自分はガラッと変った、と言ってるのに、おこがましいことだけど、ぼくは、その人が言うことが信じられない。

いや、この初年兵が、今、寝台の四角な穴のことを、おもしろそうに説明したり、陽気な口をきいてるのは、ていどの差はあっても、戦争中だって、ちょろっと、そんなところがでては、古参兵にドヤしつけられていたにちがいない。

この初年兵も、コレラ天幕にいるから、コレラ患者なのだろう。秋のおわりちかく、山を焼いた跡みたいに、赤茶けたり、黄ばんだりした、たよりない毛が、まばらに頭の地肌にたっている。頭の地肌も垢がシベリア地図をえがいたり、白い疥癬地帯をつくったりしていたが、栄養失調の下腹が前にずりおち、ホネだけの肩もがくんとさがっていたけど、この初年兵は、首だけはひょろっと皮肉にたててるみたいなところがあった。

そして、そのヘッヘッというわらい声は、まるで、お尻に、毛のない、すべっこい尻尾でもはえてるようだった。そんな尻尾が、燕尾服のお尻からはえてるのならともかく、きたない軍袴のなかにぶらさがっているというのは、珍奇なことだ。ぼくは、とたんに、この初年兵となかよくなった。この初年兵は金田という名前だった。

コレラ天幕には、広いなにもないところをあるいてきた。兵隊にくる前に、ぼくたちが、原っぱ、とよんでいたものとはちがう。だいいち、あんまり草もはえていなくて、ただ、だだっ広く、なんにもないところだった。

ぼくは、そのむこうの、やはり天幕に、二晩か三晩ぐらい寝た。兵隊たちがもってい る携帯天幕をつなぎ合わせてつくったような天幕ではなく、大きな天幕だった。その天幕ひとつに、四十人ぐらいの兵隊が寝ていただろう。

その天幕も、コレラの疑いがある者を隔離した天幕で、前にぼくたちがいた建物などからは、ずいぶん果てのようなところにあった。

この天幕では、地面にそれこそ携帯天幕をしいて寝たが、寝ていると、自分のからだのかたちが、じっとりつめたく携帯天幕の布にうきあがってきた。

しかし、ここでは、ほんの二晩か三晩、地面に携帯天幕をしいて寝ただけなのに、どうして、ぼくはそのことばかりおぼえてるのだろう？ 戦争がおわる前、今の武漢の右岸の武昌から、粤漢線《えつかん》という鉄道にそい、湖南省にいた現地部隊へ、おもに夜行軍をつづけていたときなど、地面にじかに寝るほうがふつうだったのに……。

この隔離天幕にくる前にいた建物もおかしなところだった。南京城内のどこかにある、がたがたのバラックだが、まんなかに土間の通路があり、通路の両側が、板張りのせまい囲いになっていた。ほんとにきゅうくつな板囲いで、足をのばして寝るどころか、からだをおりまげて寝るのにもせますぎた。そこに、なん人かずつつめこまれたのだが、これは、なにかの動物の小屋だよ、と言いだす者があった。なにかの動物といっても、牛や馬の囲いにはせますぎる。豚やニワトリをいれてる囲いにしてもおかしい。動物の小屋だ、動物の小屋だ、とぼくたちはさわぎながら、やはり、きゅうくつでも、こんな板囲いのなかにいられるのはニンゲンだろう、とおもった。

武昌の武漢大学でも、ぼくは、大相撲の枡席のようにちいさく、いや、もっとせまく区切られた階段教室に寝かされ、寝られないでこまったが、南京のこのバラックも、寝るどころではないせまい囲いで、ふしぎな気がした。これも、軍隊の合理性とたぶんなにか関係があるのだろう。

復員命令がでたとかで、武昌の武漢大学を出発したのは、戦争がおわって（ほんとに、戦争はおわったのだ）翌年の四月二十九日だった。そんな日付をおぼえてたのは、四月二十九日は、ぼくの誕生日だからだ。

ぼくの誕生日には、ロクなことがおこらない、と母ははなしていた。さいしょの誕生日には、ぼくは、東京から九州の小倉に引越したさきで、内攻のハシカにかかったのだそうだ。ハシカは、子供ならだれでもやる病気だが、内攻のハシカはおそろしく、皮膚の表面にはでないで、からだの内部でぶつぶつをつくり、気管などをふさいで、息がつまって死んでしまう。そのときも、ハシカの内攻で死んだ幼児はおおく、火葬場では、幼児の遺体を焼ききれないで、幼児の棺がつみかさねてあった、と母は言った。

二歳の誕生日の日は、よちよちあるきのぼくが、どこからか、大きな欠けた瓦をひろってきて、地面にしゃがんで遊んでいた近所の女の子の頭の上でおとし、その女の子に、頭をなん針も縫うような大ケガをさせたという。

三歳の誕生日も、四歳の誕生日も……と、母のはなしはつづいた。ぼく自身も、母のはなしはほんとだな、とおもったことがある。そのころ、父は、広島県の軍港町の呉市のバプテスト教会の牧師をやめさせられ、呉市の山のなかに自分たちの独立教会をつくっていた。ぼくがいってる小学校では、誕生日の児童に、胸に誕生バッジをつけさせる。アメリカのお巡りさんが胸につけてる警察バッジみたいな……それほど大きくもなく、ぺこんぺこん凹みそうなブリキ板だったが……バッジで、ほかの色も塗ってあったかもしれないけど、泥絵具みたいな、にごった青い塗料の色をおもいだす。この誕生バッジを、ぼくは、二度か三度おとしてなくした。バッジは、誕生日の翌日には、学校にかえさなきゃいけない。だから、その誕生日は、一日じゅう、おとした誕生バッジをさがしてあるいてるようなわけで、なさけない気持だった。これは、ほかの日とはすりかえることができない、誕生日だからこその不幸のようで、ぼくの誕生日にはロクなことがない、と、しみじみおもったりした。しかも、ちいさな一年生でも、誕生バッジをおとす子供はほとんどいないそうで、それなのに、ぼくは、二度も三度も、誕生バッジをおとしている。これは、母の言うとおり、なぜかぼくの誕生日についてまわる不幸のようで、ユーウツだった。

その四月二十九日の誕生日に、復員命令で、武昌を出発することになったのだ。ぼくは、これまでの誕生日の不幸を、これでいっぺんにとりもどした気になったが……これは、どうもインチキくさい。

ぼくは、自分に物語をしてるのではないか。おまえの誕生日には、毎年、ロクでもないことばかりおこって、という母の物語をうけて、ぼくは、しかし、この四月二十九日の誕生日に、それまでの誕生日の不幸のモトを、そっくりとりかえし、と物語をつけくわえているのだろう。

だが、それは、母のはなしたことが事実とはちがうとか、たとえ、事実のとおりでも、ただ、ぼくの誕生日ごとに偶然がかさなったのを、母が誇張し、因縁話ふうにしたてたから、物語だ、といったことではない。また、それをうけて、ぼくが、それまでの誕生日の不幸のモトをたった、なんて言ってるのなら、それも物語だ、というのとも、ちょっとちがう。

これは、はなしてることが、事実ではないとか、いや、事実だとかいったこととはカンケイない。

母もぼくも、はなすことが、どうしようもなく、物語になってしまうのだろう。くりかえすが、これは、はなしてるうちに、自分でも、自分でしゃべってることを信じてしまう、といったカンタンな病いではない。

ぼくの誕生日について、母がはなしたことは物語だけど、ニンゲン、いつも物語をしゃべってるわけではあるまい、とおもうだろうが、物語をしゃべってる者は、物語しかしゃべれないようだ。

それも、ほんとは、物語でないものが、自分にはあるんだが、口にでると、物語になってしまう、というのでもあるまい。物語をはなす者は、もうすっかり、なにもかも物語なのだ。

ともかく、母もぼくもそうだったように、世のなかは物語で充満している。いや、世のなかは、みんな物語だろう。しかし、物語がいいとかわるいとかはべつにして、それに、なにかの役にたつのは、物語や、それに連なるものだろうけど、すくなくとも、自分自身に物語をしゃべったって、つまらない。自分自身に物語をするのが、これまた、いけないこととか、まちがってることとか言うのではない。しかし、げんに、つまんないんだから、どうしようもない。自分で物語だとわかってることを、自分にはなしてきかせても……。

だったら、どうすればいいのか？　だまってりゃいいが、ひとに口をきかないでいるのとはちがう。自分自身にだまっていることはできない。あるいは、仏教などでは、自分自身にもだまっているという修行があり、それがいちばんの修行なのかもしれない。ともかく、自分自身にだまってるわけにはいかないので、口をきくと、もとのとおりの物語だ。しかし、それでは、つまらなく、それこそ、物語の世界に生きてるのは、生きてる気がしない……。

かってな想像だが、うちの父は、ぼくが生れるころから、そんなふうだったのではないか。父が物語をしたというおぼえはあまりない。だから、ぼくは、母や自分の物語にも気がついたんだろう。

父も物語にうんざりしながら、しかし、たとえ、ひとに口をきかないでいられても、自分自身にはだまってるわけにいかず、だけど、なにかしゃべりだすと、もとどおりの物語になって、よけいうんざりしたりしたにちがいない。しかし、それから（という言葉も、適当ではあるまいが）父はどうなったのか？

父が物語に気がつき、気がついたらうんざりしだしたのは、自分で気がついたのではあるまい。それは、いやでも、気がつかせられたのだろう。その、気がつかせられたもののほうに、父は、これも自分からむかっていくというより、いやでも、うしろから、どんどんおされていったのではないか。うしろからおされるだけでなく、足もとも、ぼこんぼこん燃えて、地面がおどってたにちがいない。くりかえすが、ぼくは、自分でもわからない、想像もおよばないもの（想像力などとはカンケイないもの）を、かってに想像してるけれど、わからないことをしゃべったって、しょうがないか。

しょうがないついでにつづけると、さっき、ぼくは、復員命令がでたとかで、武昌の武漢大学を出発した、と言った。しかし、復員命令書みたいな紙きれを見た者も、口頭でも復員命令というのをきいた者も、だれもいなかった。ただそのとき、武漢大学にいた者のうちの百人ぐらいが、その日、武漢大学をでていくことになった。

それを、だれかが、復員命令がでたらしい、それでわれわれは出発するのだと言い、すると、ぼくたちも口々に、復員命令がでたそうだ、と言いだした。これなどは、あきらかに、復員命令がでた、という物語だ。

復員命令などという物語のタイトルがでてきたのは、軍隊はなんでも命令だからということもあるだろう。

ところが、これも、また、物語ではないか。だいたい、軍隊というのが物語だ。軍隊とは、いったい、なにか？　だれもこたえられはしない。だれもこたえられないものを、軍隊、軍隊と平気で言っていられるのも、物語として通用しているからだ。そして、物語として通用している軍隊のほかに、いったい、どんな軍隊があるというのか？

軍隊が非合理的だとか、いや、逆に、合理をあんまりおしつけるから、非合理みたいなことになるとか、あれこれ言えるのも、物語の上のことだからだ。

ま、世間でいうところの軍隊が、軍隊なのだろうが、これは、それこそ世間で通用してる軍隊という物語で、しかし、そんなものではなく、自分にとっての軍隊があるはずで、それは物語かどうか、とおっしゃるかもしれない。

前にも言ったけど、物語は、ひとにはなしてきかせるだけではない。いや、自分自身に、物語ばかりをしゃべりつづけているのが、こまるのだ。自分にとっての……というのも、世間的な雑念がはいらなくて、純粋みたいだけど、これも、自分自身にはなす物語だろう。

あなたにとって……という言葉が、近頃流行語みたいになっている。しかし、インチキの物語用語であることはまちがいない。あなたにとって……と、それこそ自分には対象として外におくことなどできないもの、対象として考えられないことを、対象化してるからだ。できないことを、できたような気になり、やれないことを、やったような気になる、それは物語の世界だろう。

軍隊はなんでも命令だから、というのも物語だ。ぼくは命令というものをうけたことは、一度もない。命令がくだった、というはなしはきいたことがある。れいの敗戦の放送のあと、総攻撃の命令がくだった、という噂もあった。どこを、どう総攻撃するのかはしらないが、そういう噂はあった。

しかし、命令をうけた兵隊はたくさんいただろう。命令というものをうけたことは一度もない兵隊は、ぼくぐらいかもしれない。だけど、命令をうけたことのあるほかの兵隊ならともかく、そんなぼくが、軍隊はなんでも命令だから、などとは言えない。言えないのに、言うのは、やはり物語だ。

武漢大学を出発した、も物語だ。ぼくたちがいたのは、もと、武漢大学とよばれていたところだった。ここは、日本軍の武昌占領のすぐあとあたりから、兵站病院みたいになっていたらしい。しかし、ぼくたちも、ここを見たこともないほかの兵隊も、武漢大学、とよび、はなしており、ここは武漢大学だった。つまりは、ぼくたちの物語の武漢大学だが、やはり、げんに武漢大学なのは、その物語が生きてたこともあるだろう。物語だからといって、みんな、死んだ物語とはかぎらない。けっこう生きてる物語もいっぱいあって、だから、物語は世に誇っている。

「出発」もはっきりした物語用語だ。ぼくたちがこうしているのに、出発、などという区切りが、どこにある？　ぼくたちがこうして生きてるのにと言えば、便利みたいだが、えんりょしよう。これも、生きてるって、なにか、とたずねられれば、こたえられない。つまり、生きてる、という言いかたが、すでに物語なのか？

出発とは、せいぜい、ある年の四月から、東京の大学にいきだしたとか、ある年の春に、九州での就職がきまったとかいうぐらいのことだ。それを、人生の区切りみたいにおもう人はあるだろうが、人生なんて言葉が、そもそも物語用語以外のなにものでもない。

しかし、「出発」は、「散華」などという、はじめからメロドラマ仕立ての言葉とちがい、ふつうに、よくつかわれてる言葉で、よけい、物語のしぶとさをあらわしてる言葉かもしれない。

戦争がおわった翌年の四月二十九日、武昌の武漢大学をでたぼくたちは、揚子江岸までいき、戦争中には見かけなかった。ちゃんとした大きな貨物船にのった。

しかし、この貨物船は揚子江をよこぎっただけで、ぼくたちは、対岸の漢口で船からおろされた。そのあと、この貨物船がどこにいったかは、しらない。

漢口では、ぼくたちは、がらんとした倉庫みたいなところにいれられた。大きな倉庫に、ぼくたちは、四、五人、ぱらぱらはいっていた。ぼくは、昭和十九年の暮れに、山口の聯隊に入営し、五日後に内地をでたが、それ以来、こんな広いスペースに寝るのは、はじめてだった。しかし、いちおう屋根もあり、床もコンクリートだが、毛布など寝具はなく、コンクリートの床に寝るのは寒かった。また、漢口にいるあいだじゅう、雨が降って、倉庫の屋根はやぶれたところもあり、ぼくたちは寒さにふるえた。

武漢大学からもたされてきたのだが、ぼくたちは大豆をもっていた。それを、腹がへるので、たべるのを禁じられているのに、かじったが、ひりひりからく、食えたものではなかった。あれだけ腹をへらしていて、それに、大豆は食品なのに、それが食えないというのは、ふしぎなことだった。

漢口には、なん日ほどいただろう? 二週間ぐらいはいたかもしれない。ぼくたちは、また、揚子江岸につれられていき、舳先に魚の大きな目が描いてあるジャンクにのった。古びた木造船のジャンクで、その舟底に、ぼくたちはおしこめられた。このジャンクには、帆はあるが機関はなく、ちいさなランチにひっぱられて、揚子江をくだった。行先は南京だときいたが、アテにならないことだった。しかし、とにかく、揚子江をくだってるんだから、ぼくたちはうれしかった。

このジャンクの舟底で、地獄船だな、とぼくたちはつぶやいた。そんなにせまい舟底ではないが、なにしろ、たくさんの病人がかさなりあうようにおしこまれてるので、便をたれながしの者もあり、高熱でうめいてる者、水を飲みたがって、乾いてヒビわれたくちびるを、わなわなふるわしてる者、そのなかで、とつぜん、ゲェッ、なんて大きな声をだしたかとおもうと死んじまう者、ジャンクの舟底におりかさなって寝てる病人のあいだで、こいつ、いつから死んでたんだろ、とまわりの者も死ぬのを気がつかなかったような者もあり、まったく、映画にでてくる地獄船のようだった。

おまけに、この地獄船には、地獄船につきものの赤鬼、青鬼までいた。患者輸送隊というのが、ジャンクにのりこんでいたのだ。この連中は、ジャンクの舟底を、自分たちだけではんぶん以上占め、のこりのせまいところに、ぼくたち亡者ども、病人たちがかさなりあって、うめいているというわけで、また、この連中は、ぼくたち病人の食べる物や飲む水もとりあげて、自分たちが飲んだり、食ったりしていた。

まことに図式的な地獄船の亡者と鬼どもだけど、これが、よけいあきれるほど図式的なのは、ぼくたちは、まったく亡者みたいな姿をしており、この連中は、ほんとに、鬼のからだつき、鬼の顔つきをしていたのだ。

いや、この連中だって、戦争に負けて八ヵ月か九ヵ月もたってたこのとき、肉づきのいい体格の者などひとりもなく、みんな痩せていたかもしれない。

しかし、ぼくたちの肉のなさは、ちょっとひどすぎた。前にも言ったことがあるが、ぼくたちは因果物の見世物みたいな姿になっていたのだ。たとえて言うと、アウシュヴィッツ収容所の記録映画のなかにいるガイコツたちと変らない姿だった。

そんなぼくたちのあいだにいると、患者輸送隊の連中は痩せてはいても、それこそ、亡者を痛めつける赤鬼、青鬼のからだつき、顔つきに見えた。

ぼくは、熱にうめき、水をほしがる者のために、夜、こっそり、鬼どもの目をかすめて、飯盒に紐をつけ、舷（ふなばた）から、揚子江の水を汲みあげてきてやったりした。そして、熱でうなってる者のわずかな食糧、飯盒の蓋どころか、もっと小さな中蓋にうっすらはいってる粥をもらったりもした。

揚子江の水は、ぜったいに飲んではいけない、と、ぼくたちは言われていた。揚子江の水には、おそろしい伝染病菌がうようよまじっていて、これを生で飲めば、どんなことになるかわからない、とおどかされてたのだ。

しかし、げんに、ひりひり喉がかわいていて、だが、ぼくたちのまわりは水だらけとなると、揚子江の水を生で飲むのは命とりだ、とおどかされても、ぼくにはがまんできなかった。

揚子江の水はにごっていた。はじめのうちは、それを、これまた汚い布で漉して飲んだり、飯盒の底に沈澱物がたまるまでまち、いくらか澄んだ上のほうの水を飲んだりしていたが、すぐに、ぼくは、かまわず、がぶがぶ飲むようになり（腹もすいてたし）、また、熱をだして水をほしがる、うごけない者にも飲ませた。

曳き船のジャンクは、日にちはかかったが、まっすぐ南京にやってきた。こんなことはめずらしい。そして、ぼくたちは、南京城内のどこかの場所にある、がたがたバラックの、せまい、ふしぎな囲いにいれられたのだが、からだをよこにしても寝られない、きゅうくつな囲いのなかになん日もいて、なんで、いつまでも、こんなところに、われわれをおしこめておくのか、どうして、さっさと、上海のほうにくだって、内地につれてかえってくれないのか、と、みんなで文句を言ってるときに、いやな噂をきいた。どうも、おそろしい伝染病が発生したらしいというのだ。

昭和二十年の一月、朝鮮の釜山から、はるばる、列車ではこばれてきたぼくたち初年兵は、この南京にはいるとすぐ、脳炎がおこり、これは、おそろしい伝染病だった。

そのほか、パラチフス、発疹チフス、赤痢、ぼく自身も、マラリア、アメーバ赤痢、天然痘までやったが、そんな伝染病なんかとちがう、もっとおそろしい伝染病だとかで、それじゃ、なんだときくと、みんなだまってる。そして、下痢をしてる者は、かならず報告するように、と言われた。

だが、自分が下痢をしていることを報告した者が、なん人かでもいただろうか？　下痢をしてると言えば、戦争もおわってることだし、使役などにはいかないですんだかもしれないが、食べる物はもらえないからだ。

そこで、厠（便所）監視が立つことになった。そのために、見とおしがよく、監視がしやすいように、野外に長い溝を掘らされ（その使役には、ぼくもいった）、ここで、便をすることになった。

ぼくが便所監視につかまったのは、夜だった。もちろん、ぼくは下痢をしていた。ぼくの下痢は、兵隊にとられる前、九州の佐世保海軍工廠に勤労動員にいってたときから、もうまる二年もつづいていた。そして、昭和二十年の一月、内地からこの南京にきてしばらくいたあと、揚子江上流の蕪湖というところから、長い行軍をはじめたのだが、そのときには、もう、はっきりしたアメーバ赤痢だったのではないか。だから、ぼくには、下痢は毎日のことだった。

だが、下痢をしてるのを、便所監視につかまると、食べる物をもらえなくなるので、夜くらくなって、野外に溝を掘っただけの便所にいったらしいのが、おかしい。

なぜ、おかしいかというと、しょっちゅう下痢をしているぼくが、よく、夜まで便所にいかなかった、とおもうからだ。しかし、これは、たぶん、たまたま、夜まで便がもったたけのことだろう。

そして、便所監視の見とおしがいいように、野外に掘った厠用の溝があるところには、もちろん灯りなどはなく、くらいなかならば、便所監視の目もごまかせるのではないかという気はあった。

げんに、溝にわたした板にのっかり、軍袴をさげてしゃがみこんでるぼくには、闇夜だったたし、そこいらにいるはずの便所監視の姿は、シルエットとしても見きわめがつかなかった。くらいながら、夜空をバックにした便所監視のシルエットさえわからないのに、もっとくらい、こちらの尻の下など見えるわけがないとおもうのは当然だろう。ところが、便をしだしたとたん、「おい、そこの兵隊！」と便所監視にとっつかまってしまった。

便所監視にも、ぼくの下痢は見えなかっただろう。だが、くら闇のなかで、下痢の音がきこえたのだ。おまけに、下痢便がでだしたときに、ぼくの尻の穴は、ぴい、というような音をたてた。ほんとに、ぴい、と文字で書けるような音で、これも、物語音だろうが、闇にまぎれてしゃがみこみ、なんとか、便所監視に下痢をごまかそうとしてるぼくには、いささか物語すぎる音だった。

そして、そのまま、便所監視はぼくにくっついて、れいのがたがたバラックのせまい、へんな囲いまで、わずかな装具をとりにいき、ぼくたちは、闇のなかをかなりあるいて、隔離天幕にきた。

隔離天幕では、あのせまい、へんな囲いのなかにいるときとはちがい、となりの者とくっつきあってはいても、ともかく足をのばして寝ることができた。

だが、足をのばして寝れることをよろこんだのは、わずかなあいだで、翌朝になると（夜のうちから、いやな感じはしていたが）、天幕のなかの地面にしいた携帯天幕の布に、じっとり、ぼくのからだのかたちが滲んでいた。もちろん、着たっきりの軍服、軍袴、その下に身につけているボロや、からだはんぶんも、つめたく濡れており、気持がわるかった。

この隔離天幕にいるときに、ぼくは、みょうなものを見た。これも、みょうな経験をした、と言ったほうが、わかりやすいかもしれない。

しかし、「経験とはなにか?」ときかれると、またまた、ぼくにはわからない。ぼく自身でもわからないことをしゃべれば、それを、相手がどんなふうにとるかは、もちろん、まったく見当もつかない。ぼく自身にわからないことが、相手にわかるわけがないではないか……というのは、じつは理屈であって、実際は、今、言ったみたいに、わかりやすいようなふうになったりする。こっちも、わからない言葉をつかい、理屈では、そんな言葉が、相手にわかるわけがないんだけど、こっちも、わからないでつかってる言葉だから、かえって、相手もわからないなりに、わかった気になる。わからないどうし、物語で通用してる言葉だからだ。

隔離天幕では、便器に消毒液をいれて便をし、それを、やはり消毒液のはいったドラム罐にすてた。

ドラム罐は、天幕からすこしはなれた、広々とした空地のなかに立っていて、あるとき、そのそばで便をすると、便器のなかに、おかしなものが浮いていた。

便器には消毒液がいれてあったが、ぼくの便も、ほとんど透明にちかい、ただの水みたいなのがでただけで、そのなかに、白い、やわらかな、ほそ長い紐状のものが浮いていたのだ。

さいしょ、ぼくは、それを蛔虫だとおもったが、じつは、さいしょから、蛔虫だとはおもっていなかったかもしれない。蛔虫以外のなんだと言うのだ、とおもいながら、しかし、蛔虫にしてはへんだなぁ、という気がしたのだろう。

それは、白く、ほそ長く、尻の穴からでたものだし、蛔虫によく似ていたが、蛔虫にしては、なにか輪郭があまく、からだのはしのほうがぼやけて、ふやふやたよりなく水中に浮いていた。生き物は、同類のあいだで個であるだけでなく、全世界のなかで、それ自体でいるというのが、生命体みたいなもんだろうが、だから、生き物のかたちも、ほかからわかれて、はっきりとそれ自体で、たとえば、それが腐乱した死体かなんかならともかく、生き物がからだのはしのほうがぼやけて、なんだか輪郭もあまく、水に浮いているというようなことはない。

生き物でない雲や砂や、あるいは、有機体でも生きてはいない汁のなかのイモや大根みたいに、輪郭がなかったり、それこそかたちがくずれたりしている生き物はいない。海のなかで、タコはさまざまにからだのかたちはかえても、タコのからだのはしが、海の水とあいまいにまじりあうことはなく、どこまでも一匹のタコで、それ自体としてある。

ところが、便器のなかの、この白い、ほそ長いものは、ほそ長い幅のはしが、あやふやに、まわりの水とまじりあってるみたいなのだ。まさか、腐乱した蛔虫が尻の穴からでてくることはあるまい。それに、こいつは、どう見ても、頭も尻尾も、目もなかった。

(蛔虫に目があったかな)

ぼくは軍袴をずりさげたまま、しばらく、便器の上にしゃがみこんで、そいつをみつめていた。目の前には、広々とした空地があり、空地のむこうには、城壁が見える。ここは、南京城内のどこかのはずれなのだ。そして、ぼくの尻がむいたほうには、これも、ぽつんとはなれて、ぼくたちが寝ている、わりと大きな天幕が、うす汚れてたっている……こんなふうに、風景のなかに自分の姿が見えるようなのも、インチキくさい。物語と同類の、絵といったところか。

ぼくは軍袴をずりさげ、尻をだしたカッコで、便器に浮いた、白い、ほそ長いものを見ていたが、姿かたちはそのまま、また、便器の底にたまった水のなかの位置もそのままそこに、ひょいと、ウドンがあった。さきのほうが、すこしこまかくだけた、ひとすじの白いウドンだ。

そのウドンは、ぼくが見ているうちに、じょじょに、蛔虫からウドンの姿にかわったのではない。山野や市街の姿はそのまま、その地底に、地震のエネルギーが蓄積され、増大し、ついに限度になり、ぐらぐらと大地がゆれだすように、本来の姿に見られていないそれの抵抗のエネルギーが、緊張をまし、張り漲って、地震みたいにぐらぐらっとゆれうごいたりするかわりに、平明、平静なそれ本来の姿、ウドンになる……そんなのではない。

そんなのには、説明用の時間がある。変化には時間がある。しかし、これは、ひょいと、そこに、ウドンがあったのだ、気がついたら、ひょいと、そこに……というのもちがう。気がついたら、というのにも時間がある。なにかがウドンになったのではない。なにかになるのには時間があるが、ひょいと、そこにあるのには、時間はない。

なんにでも時間があるとおもうのは、ある視点にたっての、そういう見方だろう。実際には、こんなふうに、時間がないことも、ちょいちょいあるのではないか。なにかを物語るときには、どうしても、時間がいるのだろうか……。

ともかく、それはウドンだったのだが、ぼくは、ただ、ぼんやり、それを見ていたのではないか。あとになって、ぼくは、そのとき、たいへんにおどろいたようなことを、ひとにしゃべっているけど、それは物語だ。

ぼくのからだが弱っていて、おどろく体力もなかったのかもしれないが、ぼくは、便器の上にしゃがみこんで、ぼんやり、それを見おろしながら、むしろ、へえ、ウドンか……と感心したみたいな気持だったようだ。感心するみたいなのと、おどろくのとではちがう。

また、いつ食べたウドンかしらないが、あのやわらかなウドンが、そっくりそのままのかたちで、尻の穴からでてきちゃ、いけないよ……みたいなことも、あとで、ぼくはしゃべってるが、それは、そのとおりだけど、そういう意味づけにも、用心しなければなるまい。

ウドンがそっくりそのままのかたちで、尻の穴からでてきたことにおどろくならば、そのウドンが浮いているほとんど透明な水のような便にもおどろかなくてはなるまい。それは、便という名前もつかえないほど、ほんとに、ただの水だった。

隔離天幕では、天幕のまんなかの柱のほうに、みんな足をむけ、ぐるっと輪になって寝ていた。だから、天幕の入口で、衛生下士官が、「検便の結果、つぎの者の便から真性コレラ菌が検出されたので、その者は、ただちに、装具をまとめて、コレラ病棟にいく」とコレラ患者の名前を読みあげたとき、ぼくの頭の位置からは、天幕の入口の衛生下士官の顔は見えなかった。しかし、衛生下士官の声はよくきこえて、読みあげる名前のなかに、ぼくの名前があった。

そのとき、ぼくがどうおもったかはおぼえてないが、あんまり、なんにもおもわなかったようだ。

コレラがおそろしい病気だということは、ぼくもきいていた。隔離天幕にくる前、あのがたがたバラックの、せまい、へんな囲いのなかにいたとき、おそろしい伝染病が発生したらしいという噂があったが、その伝染病の名前は、だれも言わなかった。

これは、それを、口にするのをはばかるという雰囲気だったかもしれないが、ぼくたちは、おそろしい伝染病としてコレラの名前はきいてても、コレラはしらなかったのだ。

昭和二十年のはじめの、この南京での流行性脳炎もおそろしい病気だったし、発疹チフスの患者が、脳症をおこして、はだかで土間をころがったりしてる姿もひどかった。また、ぼく自身、アメーバ赤痢、マラリア、真性天然痘にもかかったが、まだ、ぼくたちのなかには、コレラ患者を見た者はなかったのだ。

そのコレラ患者に自分がなったんだから、びっくりするとか、暗澹たる気持になるとか、なにか反応がありそうなものなのに、ほとんど反応がなかった。これは、さっきも言ったように、ぼくに、そんな反応をおこす体力が欠けてたせいもあるだろう。しかし、そればかりではあるまい。

反応がないと言うのは、衛生下士官が読みあげたコレラ患者の名前のなかに、自分の名前があっても、べつに、ぼくはうれしくもなかった。

そんなことをうれしがるバカがいるか、と言われるかもしれないが、まだ、戦争がおわる前、ぼくが旅団本部のバラックの伝染病棟にいたころ、アメーバ赤痢の菌が検出されたときは、はっきりうれしかった。これで、ぼくも病人の資格ができたみたいにおもったのだ。

だが、コレラ患者として、自分の名前をあげられたときは、いくらオッチョコチョイのぼくでも、箔がついたようにはおもわれなかった。また、べつにゾッともせず、ほんとに、あんまり、なんともおもわなかった。

コレラはおそろしい伝染病だ、そして、ぼくは、食べたウドンがそのままのかたちででてきたり、水道の栓をひねって、水道の水がでるような、また、水道の水とほとんどおなじ水がでるような、ぼくの今までの長い下痢つづきのあいだでも、かつて一度もなかった、おかしな下痢をしている、……それは、事実そのとおりなのだが、そんなふうにおもうことも、やはり、自分に物語をしてるのかもしれない。

だが、コレラ患者の名前のなかに、ぼくの名前があったとき、いつも、物語ばかりして、物語のなかにひたりこんでいるぼくなのに、なぜか、ぽかんと、ぼくから物語が消えた……。

しかし、それは、自分がコレラ患者だというのは、意識しなくても、やはり、ぼくにはショックで、そのショックで、物語が消えた、つまりは、言葉がなくなった、というのではない。ショックはなかった。

また、ほんとにだいじなこと、重大なことなので、物語が消えた、というのでもない。だいじなこととか、重大なことというのは、それこそ、物語を成立させるものだ。

コレラ患者として名前を読みあげられた者は、ぼくをいれて三名だった。ぼくたち三名は、隔離天幕の外にならんだが、ひとりは、戸板みたいなものにのせられており、そんなのをふくめての三名で、コレラ患者は天幕の前に整列、と言われたけど、これが、整列とよべるかどうか。

広々とした空地をこしていくぼくたちの一行は、隔離天幕で寝てる者のなかでも、わりと元気だった兵隊四名が、戸板をもち、召集兵らしいオジさんの衛生兵もついてきたが、空地のむこうの城壁のところにくると、四名の兵隊はもちろんのことだけど、衛生兵もかえってしまった。

コレラ病棟と言っても、トタン屋根の小屋ひとつだけで、ふしぎなことに衛生兵は一人もおらず、もう老人に近い召集の見習士官の軍医さんが、たったひとりで、あれこれやっていた。

その軍医さんと、れいの初年兵の金田に、ぼくも手伝って、城壁のそばのコンクリートの上に、四角い穴のあいた寝台をはこんできて、天幕をたて、これが、ぼくたちのコレラ天幕になった。

だから、天幕を張る前に、コンクリートの上に、寝台だけがならんでたときがあって、あかるい陽の光に、寝台の四角な穴が、いかにもアナっぽく見えた。

大尾のこと

作法の教室という名前がでてくる。上海で、ぼくたちがいたところが、なにか、小学校の作法の教室にでも似ていたのだろうか?

ぼくが小学生のころは、五年か六年から、女生徒は作法の時間があった。しかし、ぼくは作法の教室は見たことがない。男生徒で作法の教室を見た者はひとりもいなかったのではないか。

これは、ぼくたち男生徒は学校ではウンコをしなかったこととおなじようなものかどうか。もちろん、学校でウンコをするな、などと先生に言われていたわけではないが、ぼくたち男生徒は、ぜったい、学校ではウンコをしなかった。学校で大便所にはいるのを見られるのが恥ずかしいとか、あるいは、たんにとんでもないこと、みたいなのもとおりこして、ぼくたちは、学校ではウンコをしなかった。だから、ウンコをがまんして家にかえる途中、つい、しくじったりもした。

なにかを、やれないのと、やらないのとでは、どちらが、より以上にやれないか?

こんなふうに言うと、やれないほうのようだけど、逆に、やらないほうかもしれない。石は息ができないのではない。それならば、まだ、息をすることに関係があるみたいだが、関係もなく、ただ、石は息をしない。

小学校のウンコのことは、ある作家も書いていた。尊敬するというのも失礼かもしれないが、ぼくが尊敬する作家で、ほかのひとが、このことを書いたりしてるのは見たことがない。この作家は、たしか、東京の小学校にいったはずで、ぼくは広島県の軍港町の呉の小学校にいった。東京でも広島の小学校でもおなじというのはおかしいけど、ニホンじゅうの小学校の男生徒が、みんなそんなふうだったとすると、こっけいな残酷さを感ずる。

ともかく、ぼくは作法の教室は見たことがない。それなのに、どうして、作法の教室という名前がでてきたのか？　ぼくだって、女生徒の作法の教室には好奇心もあったし、作法の教室には畳がしいてあり、床の間もある、ということをきいていた。

上海で、ぼくたちがいたところは、小学校の教室みたいな部屋で、それに、畳がしいてあったのか？　まさか、床の間はなかっただろう。

いや、部屋に畳がしいてあったということも考えられない。だが、畳がしいてあったのかもしれない。小学校の教室のようにならんだ部屋の、ひとつぐらいに畳がしいてあったのかも……。また、バカみたいなはなしだけど、あれは、上海のどこかの、もと日本人小学校の建物だったのかもしれない。

南京から上海へは列車できたのだろう。だが、この列車のことは、ぜんぜんおぼえていない。たぶん南京のどこかで列車にのったときのこと、列車のなかでのこと、たぶん上海のどこかで列車をおりたときのことなど、まるっきりおぼえていない。

これはきみょうなことだが、とくべつなことではなく、よくあることだ。よくあることなので、じつは、きみょうだともおもえる。

ただ、その途中、大きな川の土手みたいなところに腰をおろしていた記憶がある。ということは、列車をおりて、そこにいたわけだが、なぜ、列車をおりたのかはわからない。いや、ぼくたちにはわからない理由で、ちょいちょい列車からおろされてたのかもしれない。あるいは、川にかかった鉄橋が空襲かなんかで破壊されたままになっていて、ぼくたちは、ここで列車をおり、川を渡る舟でも待っていたとも考えられる。

中国人の子供たちに石を投げられたのは、このときではないだろうか。戦争に負けて、兵隊たちは中国人の仕返しを恐れていた。だが、まるっきり仕返しなどはなく、むしろ中国人たちは、われわれ日本兵に前よりも親しくしてきたぐらいで、みんなおどろいていた。

こんなことがあったのも、このとき一回だけだ。しかし、ののしりながら、石を投げてくる中国人の子供たちを見て、ぼくは、なにかひっかかるものがあった。

それが、最近、学習という言葉で、このひっかかりがとけたような気がした。あのときの中国人の子供は、自分たちにひどいことをしてきた日本兵を憎んで、石を投げたのだろうが、子供たちは、憎むことを、それこそ学習したのではあるまいか。どうも、そんなところがあって、ぼくの気持にひっかかってたらしい。

憎む、というような、たいへん直接的な感情でも、やはり学習しないと、その感情があらわれてこないのではないか。

中国人の大人《おとな》たちは、子供以上に、日本兵に腹がたってたかもしれないが、腹がたつのはしかたがないけど、大人だから、学習するのを、さしひかえたのではないか。憎む、というのは、直接的な感情、とぼくは言ったが、逆に、学習をかさねてる感情かもしれない。

しかし、あのときの中国人の子供たちは、大ぜいでいたので、ぼくは、学習という言葉が、ぼくにつかえるようになったとき（と言っても、これがはじめてだが）、ああ、あの子たちは、あの子らなりに、日本兵への憎しみを学習したんだな、とおもった。学習というと、ひとりではなく、みんなでやるような感じを、ぼくはもってたのだ。だけど、もちろん、ひとりでやる学習もある。ひとりでやる学習のほうがおおいだろう。そして、憎む、といったことは、ひとりでやる学習だ。しかし、ひとり、それこそ胸のなかでやってるので、学習の姿がかくれている。

大尾にあったのは、上海で、ぼくが作法の教室の名前がでてくる建物にいたときだった。大尾がいるときき、さがしていくと、バラックの小屋みたいなところに、大尾は寝ていた。もとは日本人小学校だったかもしれない建物ではない。だいぶはなれた、空地のむこうのバラック小屋だ。ここは、もしかしたら、伝染病の病人がはいっていたのか。小屋の壁ぎわに上下に仕切った板があり、二段になった寝場所でみんなごろごろ寝ていたが、大尾は、この寝場所のあいだの土間に、戸板のようなものをおき、その上に寝ていた。ひどい重症の病人は、そこにおかれていたのかもしれない。

大尾が病人だというのは意外だった。病気なんかしそうにない男だったからだ。だいいち、大尾は元気だった。元気だが、張りきってるわけではなかった。たいていは、張りきっていて、元気なのだ。大尾のようなのは、めずらしい。ぼくは大尾が好きだった。

昭和十九年の暮れ、ぼくたちは山口の聯隊に入営し、内地には五日間いただけで、中国にきた。

大尾とは、輸送中から、ずっとおなじ分隊だった。ぼくたちは、湖南省にいるぼくたちの部隊の所在地にむかい、長い行軍をはじめるまで、しばらく、南京にいたが、そのあいだに、悪性の脳炎が発生した。この脳炎は空気伝染するとかで、ぼくたちは、みんなマスクをし、日になん回も、昇汞水でうがいをした。

そして、うがいをしたあとの水を、部隊の隅の大きな醤油樽に吐きだした。この醤油樽を、就寝前にはこびだし、樽のなかの汚水を屋外のある場所にすてにいくことになっていた。これは、各分隊ごとに、そして、分隊内では順番にやるようになっていたが、なんだかんだと、みんなサボった。

ぼくたちは、現地の部隊にいく途中の初年兵で、いわゆる古年兵はおらず、仮りの中隊には、ぼくたちを内地までつれにきた曹長と乙幹（下士官になる乙種幹部候補生）の伍長がいるだけだった。

ぼくは仮りの分隊長をやっていたが、それは、ぼくが官立の学校にいっていて、兵隊にとられたからだろう。つまり、みんなおなじ初年兵で、分隊の者も、仮りの分隊長のぼくの言うことなどききやしなかった。

うがいをして吐きだした水をすてにいくのは、ただ順番にやればいいのに、それが順番どおりいかないのに、ぼくは腹をたて、しまいには、ふしぎな気さえしだした。

しかし、みんながこの仕事をいやがるのも無理はなかった。醤油樽はぬるぬるして汚く、それに、バケツみたいに手でぶらさげるところもなくて持ちにくく、樽のなかには、口から吐きだしたうがい水がいっぱいはいっている。おまけに、ぼくたちがいた二階の部屋からの階段は急でせまく、そうでなくても、持ちにくい大きな醤油樽は、いつ、手からすべりおちるかわからない。そうなると、樽いっぱいの、うがいして吐きだした水を、からだにかぶるし、あとの階段の掃除にも時間がかかる。また、冬の寒いときで、中国での冬の寒さは、ぼくたちには、はじめて知った寒さだった。それを、就寝前のいちばんくつろいでるときに、ぬるぬるした樽をかかえて、汚水をすてにいくのは、だれだって、いやだ。

だけど、いやなことだから、なおさら、各分隊、各人で順番にやればいいのだが、この順番がいかにややこしいか、ぼくはあきれてしまった。

しかし、あきれて、ほっとけば、分隊長のぼくの責任になる。しかたなく、ぼくは、たいてい、自分で醤油樽をかかえ、うがいで吐きだした水をすてにいくようになった。

もっとも、ひとりでは、大きな醤油樽を持ちあげることもできない。だが、なかなか、ぼくの相棒になってくれる者がいない。そんなとき、大尾は、ぶつくさ言いながら、ぼくといっしょに、醤油樽はこびをやった。ぼくたちは、ほかの連中の悪口をならべながら、やがて、いつも大尾とぼくで、就寝前のこの醤油樽はこびをやるようになった。

これは一つの例なのだが、大尾は、そういうワリをくったこと、ソンすることを、よくやった。だが、ほかの連中は、そんな大尾をただバカにしていた。ワリをくったことをおっつけられてするのは、バカの証拠ではないか。

だいたい、大尾はトロいほうだった。口のききかたもトロく、ぶつくさ、言葉がはっきりしなかった。学校でも勉強ができなかったのではないか。

ぼくたちの中隊の初年兵は、みんな本籍が広島県だったが、大尾は、福山の奥のほうの百姓の次男か三男だということだった。

しかし、大尾は貧弱な体格で、背もひくかった。もっとも、百姓が背がひくいのはふつうだ。その点、漁師は体格がよかった。

それに、大尾はおかしな顔をしていた。猿カニ合戦の栗みたいな顔なのだ。口が一文字に長く、口の両はしが下にさがりぎみで、ちいさな男の子のような顔でもある。目は、これでも大きいほうなのか、まるい目で、それが、いやに茶っぽい瞳だった。

ほんとに、猿カニ合戦の栗がきたない初年兵の軍服を着た大尾が、ワリをくってなにかしてるときは、ちいさなガキが、ぶつぶつ文句を言ってるようだった。

だけど、たしかに大尾はトロく、学校でも勉強はできなかっただろうけど、低能だから、いつも、ひとからワリをくってるのに、それを知らないでいたというのではない。

ワリをくってることは知っていて、ワリをくってることをやってたのだ。ソンだとわかっていても、そんなに、ソンをおそれないで、結果は、ソンをすることで、ソンのなかをとおりぬけている。

ソンすることはしないというのも、りこうさだろう。しかし、あんまりソンをこわがらないのも、頭がひらけているのではないか。

ワリをくうまいと逃げまわってる者の弁解より、ワリをくって、ぶつくさ、うなってる大尾のトロい言葉のほうが、ぼくには、すっきり知的にきこえたりした。

長い行軍がはじまってからの大尾は、ほんとに、みんなで、たよりにするほどだった。行軍の途中でたおれた者があると、大尾はその男をかついだり、背嚢をもってやったりした。だが、そうやって、あとにのこった者は、みんな死んだらしい。かつがれていってるうちに、死んだ者もいた。

ぼくたちは、各自では小銃をもたず、分隊に二梃の三八式歩兵銃があった。これを、各人で、交替にもっていくはずだったが、そのうちの一梃は、ずっと、大尾がしょっていた。

これは、うがいして吐いた水を、しまいにはいつも、大尾とぼくがすてにいっていたというようなものではない。くりかえすが、行軍のときは、フンドシ一枚でも、また、それで身がかるくなるのなら、自分のからだの皮でも剝いですてたい、と言われていた。そんなとき、大尾は、重い三八式歩兵銃を（フンドシのなん十倍かなん百倍かは重いだろう）ずっと、ひとりでしょっていた。

あとの一梃は、あるいてる途中だれかがたおれたりしないかぎり、ぼくもふくめて、大尾以外の分隊の者で順番にもった。これは、うがい水をすてにいくときとはちがい、きちんと順番どおりだった。この順番は、無理をとおして抜けるわけにはいかなかった。

あるいてるあいだだけではなく、宿営地についても、大尾は、なにかと、よく用をした。これも前に言ったが、あるいてるときは、なんとか足はうごいていても、宿営地につき、腰をおろすと、もう、足があがらない。はじめ、ぼくは、自分でもびっくりしたほどだった。夢のなかで、だれかに追いかけられてるのに、足の裏が地面にねばりついたように、足がうごかないことがあるが、ほんとに、あれとおんなじだった。そんなときも、大尾は、ひとりではたらいていた。

行軍してるとき、大尾はこんなに大きな男だったのか、とおもったのをおぼえている。これは、世間で言う、ちいさな××が大きく見える、なんてのともちがうだろう。ぼくは、ならんであるいている大尾の背の高さにおどろいたのだ。大尾は貧弱な体格で、背もひくいとおもったのに、ひょいと見ると、ぼくよりも背が高いくらいで……。

こんなふうなので、みんな大尾をバカにしていたのに、行軍中は、逆に、みんな大尾にお世辞を言いだした。

おかしいのは、行軍がおわって、湖南省にいた中隊についたとたん、また、大尾は、みんなにバカにされだした。もともと、兵隊にはむかない男なのだ。トロくて、要領がわるく、がんこでもある。

中隊では、南京で、醤油樽にはいったうがいの吐き水をすてにいくのを、あんなに強引にねばってゴマかした初年兵の仲間が、さきをあらそって、古参兵の用をした。

競争すれば、大尾は負ける。また、あんまり競争する気もない。ぼくもそんなふうだった。ぼくは、中学のときでも、学校はじまって以来という、教練の最低点をとった。そんなぼくが、内地をでて湖南省の現地の中隊につくまで、仮りの分隊長をやっていたのは、前にも言ったが、ぼくが官立の学校にいってたからだ。

大尾もぼくも、本来の姿にもどったまでのことだった。兵隊に向かない者は、兵隊に向かないんだから、しょうがない。しかし、げんに兵隊でいながら、そんなふうにおもう（言う）のがいけない、と叱られそうだ。

こうしてしゃべってきて、自分でもいやなのは、大尾、そして、ついでにこのぼくも、いい人にして、ほかの連中をわるいやつにしてしまっている。自分をいい人にするのは、だれでもやることだが、それで、ひとのわる口を言ってもしょうがない。しょうがないだけでなく、やはりインチキなので、こまる。

べつに、大尾はいい人ではない。大尾は大尾で、ぼくみたいなしゃべりかたは、おこがましいことだろう。

大尾は、仲間の初年兵が中隊におちつくにつれ、からだつきも、もとの、背がひくい、貧弱な体格にもどったようだったが、元気は元気だった。

敗戦の翌年の一月か二月、ぼくが、アメーバ赤痢と栄養失調とマラリアで、中隊をはなれて、掘立小屋の伝染病棟にいくときも、大尾は腹をへらし、やせっこけて、猿カニ合戦の栗みたいな顔が、ますます頬骨がよこにつきでて、色のわるい菱餅みたいなかたちになってはいても、初年兵のうちでは元気なほうだった。

それが、大尾の元気さと関係があるかどうかはしらないが、戦争に負けて、古参兵のあいだでも、大尾のソンをあまりこわがらないところなどが、わかってきていたのかもしれない。

ぼくたちの中隊から、掘立小屋の伝染病棟にいったのは、ぼくをいれて三人で、あとの二人は死に、その後は、中隊からはだれも伝染病棟にはきていない。

そして、武昌（今の武漢の右岸）の武漢大学の病院でも、対岸の漢口にちょっといたときでも、南京でも、ぼくは中隊の者にはだれもあわなかった。

それが、上海にきて、大尾がいることを知ったというわけで、しかも、大尾は病人になっていた。

大尾がなんの病気だったかは、おぼえていない。大尾をさがして、バラックの小屋にいくと、小屋の両側にカイコ棚みたいに二段にならんで寝てる者のあいだの土間に、戸板のような板が二つ三つおいてあって、そのひとつに大尾は寝ていた。

大尾は高い熱がつづいてるのか、うつらうつら眠っていたが、ぼくが名前をよぶと、目をひらいて、へんに茶っぽい瞳を熱でにごらせ、しばらく魚屋の店先にならんだ魚みたいに、真上にあるぼくの顔を見ていた。

やがて、大尾はぼくに気がついて、きれぎれにはなしたが、意外に大きな声だった。大尾は元気なときでも、ぶつぶつ、トロい口のききかただったのに、へんに大きな声なのだ。癇がたってる声のようでもある。こんな大尾の声は、ぼくは、はじめてきいた。大尾はひとからワリをくってはぶつくさうなっていたが、あまりおこる男ではなかった。しかし、病気になっている自分には、腹がたっていたのかもしれない。

ぼくは、作法の教室の名前がちらつく建物から、大尾がいるバラックの小屋にうつってきた。たのんで、うつしてもらったのかもしれないが、おぼえていない。ぼくみたいな初年兵がなにかをたのんで、それがきいてもらえるということは考えられないけど、戦争がおわって、もう一年近く、ここの施設も（どんな施設かはしらないが）なくなる前のゴタついてるときだった。

大尾がいたバラック小屋にくるてまえの空地に、施設のなくなる前の整理か、いろんな物がすててあり、なにか目ぼしいものはないか、そのあたりを、ぼくがうろついてるときに、看護婦が二人、注射器とか注射液のアンプルをすてにきた。ざらざら地面にぶちまけられた注射液のアンプルを見て、こいつは腹の足しにならないかなあ、とぼくはおもった。そんな物まですてているのは、看護婦たちのいる病院はもう解散し、翌日とか、そのつぎの日とかに復員船にのるとのことだった。上海からの復員輸送はもう最後で、あんた、ぼやぼやしてたら、シナにとり残されるわよ、と看護婦が言ったのを、おぼえている。

そんなゴタついてるときなので、大尾がいるバラックの小屋で、寝場所があいてるなら、かってに寝ていろ、みたいなことを、ぼくは言われたのかもしれない。

また、ぼくも、ここにいれられたとも考えられる。ぼくは、南京で発病したコレラはなおっていたが（なおってなきゃ、死んでいる）、マラリアはともかく、アメーバ赤痢だというので、大尾とおなじバラックに隔離されたともおもえるのだ。

このバラック小屋は、復員のため、どこかにいく者があったり、死んじまう者もいたりして、毎日のように病人の数がへったためか（あとからくる病人は、もういなかった）、みじかいあいだに、ぼくはなんどか寝場所をかわり、大尾が寝てるところに近づいた。

そして、土間に戸板のようなものをおいて、その上に寝ている大尾を、真下に見おろす二段になった板仕切りの上段にきた。しかし、そこまでで、もっと大尾に近い下段のほうにはうつれなかった。

板仕切りの上段から見ると、大尾がすごくちいさく見えたのは、おかしかった。いろんな物をすてるぐらいなので、寝具などもあまっていたのか、しかし、どうせボロばかりで、大尾はそのボロのなかにうずまるようにして寝ていた。

その大尾が、すごくちいさく、人間のからだの大きさではなく、人形みたいに見えるのだ。これは、南京で見た映画のせいもあったのではないか。

それは、みょうな映画だった。アメリカ映画なのだが、野外にスクリーンをたて、米軍の兵隊が見ているのを、ぼくももぐりこんで見たので、もちろん、日本語の字幕はない。だから、ストーリィもよくわからなかったが、身長一〇センチぐらいの縮小人間がでてくるのだ。縮小人間は若い男のようで、ソフトなどかぶっていたが（縮小人間が追われて逃げていくとき、ちいさなからだのちいさな頭から、ちっこいソフトがぽろりとおちた）、どうして縮小人間になったのか、その画面もあったかもしれないけど、おぼえていない。

縮小人間の若い男は、ある中年のオバさんの意のままになっていて、つぎつぎに人を殺す。

中年のオバさんが、手にさげるバスケットのなかに、毛糸の玉や編棒などといっしょに、縮小人間をいれていて、どこかの家にいき、テーブルの下にそのバスケットをおき、オバさんが編物をやってると、バスケットのなかから、かくれていた縮小人間がとびおり、テーブルでむかいあった相手の女性の足もとにいき、針みたいにちいさな剣で、相手の足首を刺し、殺す。その剣には毒でも塗ってあるのだろう。そして、縮小人間は、またバスケットによじのぼり、そのなかにかくれてしまう。

なにしろ、身長一〇センチぐらいの縮小人間なので、わずかな隙間からでももぐりこめ、また、ひとの目にもつかないので、つぎつぎに殺人は成功し、しかし、縮小人間を意のままにあやつっていく中年のオバさんには、なんの嫌疑もかからない。もちろん、そのあいだには、おぼえてはいないが、縮小人間が猫とぶつかるシーンなどもあっただろう。ふつうの飼い猫でも、縮小人間には巨大な猛獣だ。

そのうち、縮小人間と殺人を命ずる中年のオバさんとのあいだに葛藤がおき、それには、縮小人間の恋みたいなものもからまっていたかどうか、いつも、中年のオバさんの命令にしたがっていた縮小人間が、最後には反抗し、オバさんを刺し殺す。そして、自分も今までは、オバさんが猫を追っぱらってくれてたからよかったが、そのオバさんがたおれて死んだので、縮小人間も猫におそわれ、死んでいく……なんてストーリィではなかったかとおもう。記憶をたどって、そうおもうのではなく、今、デッチアゲたわけだけど、ま、そんなところだろう。

中年のオバさんが、野暮ったいスカートに、これも野暮ったい厚いウールのソックスをはいて、いつもは、それこそニコニコした近所のオバさんみたいだけど、縮小人間に殺人を命ずる瞬間など、いとも邪悪な表情になるのをおぼえている。

だから、ハリウッドではちょいちょいあるトリック映画で、べつにみょうな映画ではないが、ぼくは有名なキングコングの映画を見てなかったし、それまで、こんなトリック映画は見たことがなく、また、兵隊で中国にいるあいだに、映画も見たのは、このとき一回きりだった。それに、アメリカ兵の野外映画会に、コレラ患者でコレラ天幕にいたはずのぼくが、どうやってか、まぎれこんだことなど、あれこれみょうで、みょうな映画の気がしたのだ。

ともかく、バラック小屋の上段から、真下に見おろす、ボロにうずまった大尾が、あの映画のバスケットのなかの布《きれ》のあいだにかくれている縮小人間のように、いつからか、ちいさく見えだした。

このバラック小屋にうつったあとも、ぼくは、マラリアの発作がつづいていて、マラリアの発作がおこると、すごい高熱がでる。その高熱でうつらうつらしているときに、南京で見た映画の縮小人間と、上から見おろす大尾の姿がかさなったりしたのか……？そして、いっぺん、そういう像が焼き付くと、マラリアの高熱でうなされてないときでも、ふっと、下で寝ている大尾の姿がそれにオーバーラップしてしまうのか……。

それにしても、大尾の姿が、トリック映画の縮小人間のようにちいさく見えるというのには、心理的ななにかがあるのではないか？

いや、この心理的ななにかがある、なんてことが、はなはだうさんくさい。そういう言いかた（考えかた）で、かってに物語をこしらえるからだ。

大尾は背がひくく、貧弱な体格だった、その大尾が、行軍中は、いやに背が高く見えた、ところが、行軍がおわり、ほかの初年兵たちが現地の中隊の初年兵らしくなってくると、大尾は、もとどおりの、背がひくく貧弱な体格の初年兵に見えだした。

そして、高熱がつづき、死にかけている大尾は、背がひくく、貧弱な体格の、ダメな初年兵だったときでも、元気なことは元気だったのに、今では、元気どころか、ボロのなかにうまって身うごきもできないでいる。

そんな大尾を、二段に仕切った上段から見おろしていると、あの映画の縮小人間どころではなく、大尾の姿が無限に縮小して見え、それには、あきらかに心理的なものがはたらいているようで……なんてのは、じつは、大尾についての物語をつづけているのだろう。

行軍中、よこをあるいてる大尾を見て、へえ、大尾はこんなに背が高かったかなあ、とぼくはおもった。それは、そのとおりだ。しかし、そこから、物語をひきだすことはない。

前にも言ったが、大尾は大尾で、それをなにも物語の大尾にすることはない。

行軍の途中でたおれるという言いかたを、ぼくもしたが、ぼくたちが行軍していたときには、あるきながら前にばったりたおれたりする者は、ほとんどいなかった。みんな、なぜか、カクンとうしろにひっくりかえって、うごかなくなった。

だから、逆に、あるいてるときは、顎をだし、前かがみになってあるいている。そんななかで、大尾だけが、わりと背すじをのばしていたのではないか。前にも言ったけど、大尾は、行軍中、ずっと銃をしょっていて、銃をしょっていれば、前かがみに、よろよろというカッコでは、よけい銃が重くなる。だから、わりと背すじものばして、銃を肩にかけ……そんなところが、大尾の背を高く感じさせたのか？　ともかく、ちいさな××が大きく見えます、といった心理的ななにか、物語の語りではない。バラック小屋の二段仕切りの寝場所の上段から見た大尾が、いつからか、ちいさく見えたことはそのとおりだ。この場合、ちいさく見えたことは事実だ、と言えば、わかりやすいかもしれないが、ぼくは、なにかを事実とよぶことにも、疑いをもつ。事実といえば、事実そのままで、これくらいはっきりしたものはない、とおっしゃるだろう。しかし、そういうことになっているのが事実で、これも、やはり物語用語ではないかともおもうのだ。

大尾がちいさく、映画の縮小人間のように見えたというのは、もちろん、南京で見た映画のせいだろう。それは、上海のどこかにあったこのバラック小屋でも、すぐ、ぼくにはわかっていたはずだ。

しかし、こういうことは、わかれば、そんな姿は消えてしまうものなのに、やはり、大尾が映画の縮小人間みたいに見えたのは、どういうことか。

内地をでてから、湖南省の現地の中隊につくまで……そのほうが、中隊にいたあいだより長いのだが……ぼくは行軍の途中で落伍し、また、分隊にもどったりしたけど、大尾とはずっと分隊もおなじで、南京では、大きな醤油樽に吐いたうがい水を、ふたりですてにいったり、そういったことは、ほんのわずかなことで、ずっといっしょにいて、とくべつな気持をもっていた大尾が、高熱にうなされ、死にかけている……そんなことはウソだ、ウソにきまっている、という無意識のぼくの気持が、それこそ絵空事の映画のなかの縮小人間のように、大尾の姿を見ようとしている、あたかも、映画がおわれば、ダメなトロい初年兵だが元気な大尾が、バラック小屋の入口にあらわれるように……。

これも物語だ。こんなのを、映画の見すぎというんだろう。

いつからか、二段の仕切りの上段から見た大尾が、ひどくちいさく見えるようになった、ただそれだけだ……。しかし、ただそれだけ、というような言いかたにも、用心しなければなるまい。ただ、それだけ、と区切りがつくみたいだからだ。ぼくたちのありように、区切りなんかはあるまい。物語には区切りがあったり、そこでおわったりするけれども……。

また、バラック小屋の土間に寝ている大尾の真上の、二段仕切りの寝場所にぼくがいて、あるとき、ひょいと、大尾が、南京で見た映画の縮小人間のように見えだした……なんてことだったのかもしれないが、これも、用心したほうがいい。

前にも言ったことがあるが、ひょいと、なんていうと、物語を展開させていくのに必要な要素の時間性を否定してるようだけど、じつは、みじかい物語時間用語だったりする。

大尾は、自分のわずかな粥を、よく、ぼくにくれた。高い熱がつづいて、あまり食べたくなかったのかもしれないが、ぼくは、やはりわるい気がした。行軍中、分隊に二梃ある銃の一梃を、ずっと大尾がしょってたことなど、大尾には、いつもなにか借りがあった。それが今、わずかな粥までもらってるのだ。

そのころ、ぼくは饅頭《マントー》工場にいくようになった。バラック小屋のあったところも、レンガ塀にかこまれたなかにあり、その門には中国兵の衛兵が立っていた。だが、中国人などはぞろぞろ出入りしており、ある日、ぼくも、ぶらぶら（というふりをして）門をでていきかけたが、べつにとがめられず、ぼくは門をでて、ふりかえるのもこわく、あるいていった。そして、そのあたりを、いくらかまわってみたのだが、いわゆる街ではなく、人家もなく、倉庫がならんでるようなところだった。

そんな建物のひとつで、いいにおいがして、見ると饅頭をつくっている。はたらいているのは、上半身裸の男たちだが、日本軍の軍袴などはいてるから、日本兵らしい。そこで、ぼくは、へんに勇気をだし、使役（仕事）はないか、ときいてみた。すると、饅頭工場の下士官（やはり日本兵だった）が、人手は欲しい、はたらいてみるか、みたいなことを言った。

この使役はきつかった。ぼくは、まだ、アメーバ赤痢もマラリアもある。それに、真性コレラもしたあとで、もともと栄養失調だし、ひどいからだだった。

二日目に、饅頭工場の下士官は、おまえのからだでは、やはりここの使役はむりだ、おまえ病人で、だまって病棟をぬけてきてるんじゃないのか、病人をつかっちゃおこられる、と言った。

だが、ぼくは病人ではないとウソをつき、使役をつづけたいとねばり、饅頭工場の下士官は、かってにしろ、というように奥の部屋にひっこんでしまった。

それで、ぼくは、ずるずるべったりみたいに、饅頭工場にいることになったのだが、もちろん、賃金などもらえるわけではなく、ただ、饅頭がいくらか食えるというだけだった。

饅頭といっても、なかに餡などがはいってるのではなく、材料は雑穀ばかりみたいな、色もわるい饅頭だった。

大きな蒸籠《せいろ》で饅頭を蒸しおわったとき、蒸籠のなかにならんだ饅頭にかぶせた布をとって、流しにもっていくのだが、濡れたこの布が熱くて、ぼくは手が真赤になり、夜も手がひりひりした。

だが、饅頭工場で饅頭を食べてるので、大尾のわずかな粥をもらわなくてもよく、現金なもので、ぼくは、大尾に、粥を食べたくなくても食べなきゃだめだ、からだが弱って死んでしまうぞ、と言ったりした。

そして、饅頭工場ではすてたようになっていた古い饅頭を、こっそりもってかえって、大尾にやったりしたが、たとえ雑穀の饅頭でも、大尾が元気ならば、めずらしがり、よろこんで食べただろうが、熱があり、ひどい病気の大尾には、古いかたい饅頭は、それこそ喉をとおらず、すこしかじって、「うもうないのう」と広島弁で言った。

饅頭はめずらしく、それを、ぼくがもってきてくれたのに大尾は感謝して、冗談を言ったのだ。

大尾は死んだ。このバラック小屋で、ぼくが大尾を見つけたとき、大尾は、魚屋の店先にならんだ魚みたいに、ただ目をあけて、ぼくの顔を見ていたが、死ぬ前の大尾は、もう、猿カニ合戦の栗みたいな顔ではなく、顔ぜんたいが、魚屋の店先の魚の目みたいだった。高熱がつづき、それに、ほとんどなにも食べていなかったためか、大尾の顔は肉がなくなって、うすあおいホネのかたちになり、そのホネまで、熱にほとびて、半透明にくずれてるように見えたのだ。

ともかく、ぼくは、上海のあのバラック小屋で大尾が死んだことなど、大尾のことは、いろいろしゃべってきた。だけど、くりかえすが、ぼくがしゃべったことは、みんな大尾についての物語で、大尾を物語の人物にしてしまっていた。

おなじ中隊の初年兵仲間の北川が、八月十五日の終戦の夜、敗残兵みたいなどこかの初年兵が（もちろん、北川は日本兵だとはおもわなかった）、北川の分哨にむかってふらふらあるいてきてるのを、停止の注意をきかないので、北川は発砲し、その弾丸があたって、その初年兵は死んでしまったのだが、北川が、おそらくひとにははなさなかったそのことを、ぼくにはなしてくれたことが、すべてだったのに、ぼくは、それを北川がはなした内容にし、つまり物語にしてしまった。

それとおなじように、ぼくは、大尾を物語にした。また、くりかえすが、大尾は大尾だ。その大尾を物語にすると、大尾は消えてしまう。あるいは、似て非なるものになる。

ほんとの大尾が消える、などとも言うまい。ほんと、なんて言葉もまぎらわしい。戦争の悲劇とか、戦争の被害者だとか、そんな言葉は、ぼくはつかったことはないが、そういう言葉をつかうのとおなじことを、ぼくはしゃべってきた。

あの大尾が、あんなふうに死んだ、ひどいもんだ……ぼくは、自分でかってにつくった、それこそひどい物語を、ひどがっている。

大尾について、はじめと、おわりのある物語を、自分でかってにつくって、あたかも、それが大尾自身だ、とぼくはおもっていた。ひとのはじめとおわりに関与するなど、神のすることではないか。ぼくは、おこがましくも、神の名で、大尾の物語をかってにつくってしゃべっていたのだ。

そして、こういう物語には、たいてい、ぼく自身もいい子の役ででてくる。いや、直接、ぼくはでてこなくても物語の世界を成立させている主人公だ。

また、ぼくの兵隊物語のなかで、ぼくが、得々として、初年兵という役をやってたことも白状する。初年兵は、コキ使われ、人間あつかいにされない、あわれな下女だ。そして、ぼくは、人間あつかいにされない、兵隊のうちにいれてもらえない初年兵として、逆に、兵隊の罪をなじり、兵隊のおろかさをわらった。

うまいぐあいに、ぼくたちは、昭和十九年の暮れに入営し、中国につれてこられた初年兵で、昭和二十年の八月には、戦争はおわっている。ぼくたちは初年兵のままで完足した。

ほかの古参兵たちは、はじめは初年兵でも、二年兵、三年兵、四年兵となっていく。こういう古参の兵隊だった人は、それこそ兵隊のときのはなしを、バカみたいにうれしがってしゃべる人のほかは、兵隊のときのことは、あまりはなしたがらないものだ。やはり、口が重い。これは、長いあいだ、戦地にいれば、いろいろ、自分で考えても、ひどいことをやっていたり、そんなひどいことをやるのが、やがて、平気になっていたり、というようなことがあるからだろう。

ところが、ぼくは、あわれな、しかし罪のない初年兵として、兵隊のとき口がきけなかったぶんをとりかえすように、しゃべりまくっている。また、そんなに、声高く、恥ずかしげもなくしゃべれるというのも、ドラマのなかの初年兵という役にすんなりなれるからだろう。古参の兵隊だった人たちは、こうすんなりとはいくまい。

はなしはかわるが、上海のあのバラック小屋で、大尾にあったとき、内地をでて以来、大尾とぼくとはずっといっしょで、こんな男はめずらしい、と、とくべつな気持をもっていた大尾に、上海にきて、またまためぐりあえたわけだが、大尾が病気でなくて、前みたいに元気だったら、とぼくはおもった、みたいなことを、ぼくはしゃべってきたけど、これも、物語だろう。

上海で、作法教室の名前がからまる建物にいたとき、ぼくは、大尾のことをきいた。おそらく、大尾が病気だということもきいただろう。そして、大尾が寝てるところをさがして、あのバラック小屋にきたが、ほんとに、大尾はいたけど、やはり病気だった。

しかし、ぼくは、大尾が病気でなかったら、などとはおもわなかっただろう。友人のアパートをたずねたら、友人が風邪をひいて寝ており、病気でなければ、いっしょにどこかに遊びにいったのに、とおもったりすることはある。

だが、げんに大尾は病人で、しかも、ひどい病気のようなのだ。そんな大尾を、もし元気だったら、などとおもうわけがない。そんなふうにおもう、おもえるのは、そこに大尾がいない、つまり物語のなかだけだ。あのとき、ぼくは、大尾が元気だったら、なんておもいもしないし、おもえもしなかっただろう。げんに、そこに大尾がいて、ぼくといっしょにいても、ぼくは、大尾とぼくの物語をつくるかもしれない。だが、大尾とこうしているんだから、物語なんかつくらない、つくれないといったこともあるにちがいない。

しかし、物語は、なまやさしい相手ではない。なにかをおもいかえし、記録しようとすると、もう物語がはじまってしまう。

死んだ大尾も、ちいさく見えた。二段仕切りの寝場所の上段から見おろしたときだけでなく、大尾のそばに立っていても、大尾がちいさく見えるようになっていたが、大尾は、死んでも、ちいさかった。しかし、死んで、よけいちいさく見えたわけでもない。

解説

田中克彦

田中小実昌という人にぼくは会ったことがない。ほら、テレビにも出ていたじゃないかと言われても、ぼくはずっとテレビを持たず、見てもいないから、この人がどんな様子をしていたかも知らない。そしてまた名前が同じ田中であっても親戚だというわけではない。

しかし、とにかく読んでみてくださいと編集者がすすめるのには何かわけがあるにちがいない。もしかして、ぼくは著者となじみもなく、予備知識もないからこそ、かえって公平な読み方ができると見込まれたのかもしれないと思うことにする。

そこで、根が勉強好きのぼくは、現代日本語の、きっと大切なサンプルかもしれないと思ってとりかかってみる。

そうすると、感性が似ているというのだろうか、途中まで読んで行って、このさきぼくならこう書くのに、と思っているとそのとおりに文章が続いて出てくるではないか。それはもはや、ぼくとだけ感じ方が似ているのではなく、他の読者をもまた共感をもって包み込んで行くような文章の流れだと言っていい。小実昌さんの文章には自然さと普遍性があるからこうなるのだろうが、それは平均的な凡庸さのゆえではなく、その正反対である。

小実昌さんの文章には、けばけばしくはないが、訴えたいことが周到に仕込んである。しかしふつうは何かを訴えようとすると、ことばが実感をのりこえて、そこからはみ出してしまうことがよく起きる。「筆の勢いでついつい」というのでもない。それほど大げさではないけれども、文章にしてしまうと、ちょっとちがうぞというあの感じである。ものを書く人には、その「ちょっとどこかちがう」というところにひどくこだわる人とそうでない人とがいて、こだわる人は、自分がそのウソっぽさに目をつぶったままで前へ進んではいけないという絶えざる自己批判の気持ちで自分を責めさいなむだけでなく、その過程をもぐもぐとつぶやいて、皆の前に見せてしまうことさえある。

小実昌さんとはまさにそういう人であって、たとえばテレビなどで思うがままにしゃべっているようであったとしても、ココロの中ではこれはウソだなあと思いながら話していたのではないだろうか。そう思うと（かれは数年前に亡くなったらしいが）、やはりテレビで見ておけばよかったなあと思われてくる。

表題作で冒頭に置かれている「ポロポロ」は、著者のそんなふうな気ごころがわかって読むと、なかなか陰影に富んでいて、いろんなことが深く感じられる作品ではあるが、そうでなければ、しょっぱなに読む作品としてはわかりにくい。だから、「ポロポロ」はあとでまたもどってくることにして、まずは続く一連の軍隊ものからはじめることにする。

著者が第二次大戦も末期段階に入った、敗戦の前年十二月末に召集を受けて博多港から出発し、朝鮮半島を鉄道経由で中国に運ばれる。揚子江（長江）に沿った一帯の鉄道警備が主な任務だったらしいが、ここに敵軍と衝突して戦闘状態に入ったという話は登場していない。太平洋戦線とはちがって「中国戦線では、敵兵を見ない、というのは有名なはなし」（「岩塩の袋」）と記しているように。ここでの軍隊生活の苦労ばなしは、移動のための行軍のつらさと、食料の確保ととりわけ、病気、のみ、しらみ相手のはなしが中心になる。食べ物やからだのはなしとなると、当時は軍隊だろうとしゃばだろうと、あるいは戦地だろうと内地だろうとあまりちがいがないということがこれを読んでいるとよくわかる。

兵隊たちがいかに日常的な下痢に悩まされていたかは、各篇のどこででもくり返しうんざりするほど描かれている。ぼくたち、日本に暮らしていた、小実昌さんより十歳は若い、むしろ幼いと言うべき少国民だとて同様だった。だからいまでも、便器の水の中に、りっぱな形をそなえて浮かんでいる、固まったウンコを見るたびにふしぎな感じがする。ぼくたちがこどもの頃はこんなふうではなかった。ウンコは決して堂々たる独立の形をなして水の中ででんとしてはいなかったし、たえ間のない便意に脅かされていた。

栄養が悪いうえに、アメーバ赤痢のような、しつこい伝染病にでもかかっていれば、教室の一時間の授業の間でさえ、一度は下痢の突発で、あわてて便所に駆け込まねばならなかった。

あの頃のこどもたちのいかに多くが、慢性的な下痢をわずらっていたことだろうか。便所にたどり着く前に、切迫した内容物がパンツの中にもれ出ていたにもかかわらず、ほとんど汚れなかった。というのも、食べるべきものを食べていなかったから、出てくるものも、それにふさわしいしっかりとした色を帯びることもできず、くず湯のように濁った粘液以上のものではあり得なかった。はげ落ちた腸壁だけが主成分をなしていたのであろう。

我ながら、はしたないと思いながら、こんなことを書き連ねてしまうのも、小実昌さんに触発されて、いわば、銃後の少国民として、戦争のはなしを補完したい気持ちにさせられてしまったからだ。

「寝台の穴」を読むと、わが栄えある皇軍の兵士も、銃後とほとんど異ならない状態であったことがわかる。ただ一つ大きなちがいは、戦地では明快この上ない目的に沿って作られた「寝たまんまで便ができるようになっとる」寝台という新兵器を用いていたことである。

そんな状態は、戦争が終わって、帰国（「復員」と言った）するのを待つあいだも続いていたのだ。

こうしたことを書き綴る著者は、記憶をなんとか物語にしないように踏みとどまっている。なぜなら、「世のなかは物語で充満してる。いや、世のなかはみんな物語だろう」からだ。物語をしゃべるようになってしまうのは、「いやでも、うしろから、どんどんおされて」しまうからだが、困ったことは「物語をしゃべっている者は、物語しかしゃべれないよう」になってしまうことだ。

「寝台の穴」では、「軍隊というのが物語」で「人生なんて言葉が、そもそも物語用語以外のなにものでもない」と小実昌さんは述懐する。

こんな「インチキの物語用語」は、「対象として考えられないことを、対象化し」、「やれないことをやったような気になる。それは物語の世界」以外の何ものでもない。そのとおり！　何という潔癖症だろう。

ここで私たちは、小実昌経験を充分に味わった上で、それを下敷きにしながら、いよいよ冒頭の「ポロポロ」にもどろう。そこで語られるのは、著者がまだ中学四年生だった、昭和十六年、開戦前夜の世界である。

著者の父は、瀬戸内海の軍港を見おろす山の中腹にぽつんとあった独立教会をいとなみ、そこの牧師であった。金曜日の夜には祈禱会が行われるのであったが、そこでは「天にましまス我等の父よ……みたいな祈りの言葉は言わない。みんな、言葉にはならないことを、さけんだり、つぶやいたりして」いる。それを著者は「異言《いげん》というようなものだろう」と説明している。著者は使徒行伝の二章に出てくる、「使徒たちが、自分がいったこともない遠い国の言語でかたりだした」という、いわゆるペンテコステ（五旬節）の奇蹟というのがそれにあたるのだろうと述べている。この伝えの意義については、私は最近刊の書物に書いたばかりなのでそれにゆずるとして（『ことばとは何か――言語学という冒険』ちくま新書、九三ページ）、異言はそれとはちがう。五旬節に、使徒たちがいっせいにしゃべりはじめたのは、いずれも、それぞれの国の、はっきりとわかることばなのだが、異言は、著者が言うとおり「言葉にはならない」ことば、ことば以前のことばであって、それを解く特別の「力」をもつ者だけに、「解く」ことができることばである。小実昌さんは思いちがいをしているらしく、この異言のはなしがでてくるのは「コリント人への第一の手紙」であるが、いまそんなことはあまり重要なことではない。

ここでだいじなことは、『父の教会』では、「教会でポロポロやるだけでなく、たとえば、父とぼくとが町の通りをあるいていて、むこうから、一木さんがあるいてきたりすると、道ばたで立ちどまり、ポロポロやりだす」のである。このポロポロは「朝から晩まで」「それが、なん日もつづくことも、めずらしく」ないといったあんばいである。ほんとだろうか。いや、読んでみると、これはどうもほんとらしい。「うちの教会では、ポロポロを受ける、と言う。しかし、受けるだけで、持っちゃいけない。」「持ったとたん、ポロポロは死に、ポロポロでなくなってしまう。」

こうなるとポロポロは、たとえではなくて、ほんとにポロポロそのものだと思うしかない。ポロポロは、なにか既存の常識にあわせてわかりやすくはっきりとしたことばで固定できず、固定したとたんにニセ物になってしまう。そんなふうにできあいの言語のわくにはめられる以前のことばなのだろう。たぶんポロポロの内容は、うっかりことばにすると、つじつまをあわせたことば、すなわち、うそっぽい物語になってしまうのだろうと思われる。

各篇は著者の自伝的回想を綴ったものであるから、時間の順序からすればどうしてもポロポロからはじめなければならないのだろうが、ほんとうはおわりの方からもどって読むと、ずっとよくわかるのである。

「世のなかは物語で充満している」という小実昌さんのつぶやきは、いまもっと切実に感じられるはずである。

最近は学問までがますますつじつまあわせのウソで固められてきて力を失っている。物語にしてはならないものが物語に仕立てあげられてしまうからである。コリント人への第二の手紙に言う。「文字は人を殺し、霊は人を生かす」と。私は小実昌さんの「ポロポロ」を読んで、私自身も、もう一度ポロポロにもどって、身もこころも清めなければならないのだろうかと思った。味わい深く、またきびしいいましめを含んだ一篇である。

本書は一九七九年五月、中央公論社より単行本として刊行されました。

初出……ポロポロ　『海』一九七七年一二月号
北川はぼくに　『海』一九七八年三月号
岩塩の袋　『海』一九七八年六月号
魚撃ち　『海』一九七八年九月号
鏡の顔　『海』一九七九年一月号
寝台の穴　『海』一九七九年四月号
大尾のこと　『海』一九七九年五月号

＊本書の中には今日の人権意識に照らして不当・不適切な語句や表現がありますが、時代的背景と作品の価値にかんがみ、また著者が故人であるためそのままとしました。

ポロポロ

著者　田中小実昌

二〇〇四年　八　月二〇日　初版発行
二〇二五年　七　月三〇日　10刷発行

発行者　小野寺優
発行所　河出書房新社
東京都新宿区東五軒町二-一三
☎〇三-三四〇四-八六一一（編集）
〇三-三四〇四-一二〇一（営業）
https://www.kawade.co.jp/

デザイン　粟津潔

本文組版　KAWADE DTP WORKS
印刷・製本　大日本印刷株式会社

Printed in Japan　ISBN978-4-309-40717-3

雷電本紀

飯嶋和一　40486-3

天明、寛政、化政期、彗星の如く現われた馬ヅラの《巨大》が相撲をかえた——壮大な構想力とちみつな考証によって史上最強、伝説の相撲とり雷電為右衛門の激烈な運命と時代に迫る長篇。

神無き月十番目の夜

飯嶋和一　40594-0

なぜ蜂起したのか？　なぜ指導者たちが壊滅されてからも、村民たちが、老人幼児まで、虐殺されなければならなかったのか？　空前の迫力で歴史の奥底に隠されていた真実を甦らせた、衝撃の長篇。

四万十川　第１部

笹山久三　40295-X

四万十川の大自然の中、貧しくも温かな家族に見守られて育つ少年・篤義。その夏、彼は小猫の生命を救い、同級の女の子をいじめから守るために立ちあがった……。みずみずしい抒情の中に人間の絆を問う感動の名篇。

四万十川　第２部

笹山久三　40329-8

豊かな自然を背景に人間の絆を描いて感動を呼んだ『四万十川——あつよしの夏』に続く第２部。大自然に育まれた少年が友達や姉との別れを通し、大人への一歩を力強く踏み出し、成長する姿を美しい風景の中に描く。

四万十川　第３部

笹山久三　40370-0

春とともに少年あつよしにおとずれる、淡くにがい愛と性のめざめを、四万十川の大自然と、そこで苦悶する人々との交わりの中に柔らかに描き出し、より力強く自然と人間の絆にせまる感動のシリーズ第３部。

四万十川　第４部

笹山久三　40460-X

高校卒業を目前に控えたあつよしに、大いなる川との別れ、旅立ちのときが、ついにやって来た。少年時代最後のあつよしの冒険とは……。映画・テレビドラマ化され、圧倒的感動を呼ぶ好評シリーズ第４部。

四万十川　第5部

笹山久三　40493-6

四万十川をあとにして都会の郵便局に就職し、組合運動に埋没するあつよしに襲いかかる様々な苦難。心の傷をいやしにふるさとへ帰るが……。青年期あつよしの苦悩を描く好評シリーズ。

ラジオ デイズ

鈴木清剛　40617-3

追い払うことも仲良くすることもできない男が、オレの六畳で暮らしている……。二人の男の短い共同生活を奇跡的なまでのみずみずしさで描き、たちまちベストセラーとなった第34回文藝賞受賞作！

男の子女の子

鈴木清剛　40667-X

男の子と女の子——つなげれば即席の永遠ができあがる。美大の予備校に通うイツオとサワ。二人の日常に突如現れた年上の女性、ナカツカハルミ。三島賞受賞第一作のキュートでせつない長篇恋愛小説。

枯木灘

中上健次　40002-7

自然に生きる人間の原型と向き合い、現実と物語のダイナミズムを現代に甦えらせた著者初の長篇小説。毎日出版文化賞と芸術選奨文部大臣新人賞に輝いた新文学世代の記念碑的な大作！

十九歳の地図

中上健次　40014-0

閉ざされた現代文学に巨大な可能性を切り拓いた、時代の旗手の第一創作集——故郷の森で生きる少年たち、都会に住む若者のよる辺ない真情などを捉え、新文学世代の誕生を告知した出発の書！

千年の愉楽

中上健次　40350-6

熊野の山々のせまる紀州南端の地を舞台に、高貴で不吉な血の宿命を分かつ若者たち——色事師、荒くれ、夜盗、ヤクザら——の生と死を、神話的世界を通し過去・現在・未来に自在に映しだす新しい物語文学！

小春日和　インディアン・サマー

金井美恵子　40571-1

桃子は大学に入りたての19歳。小説家のおばさんのマンションに同居中。口うるさいおふくろや、同性の愛人と暮らすキザな父親にもめげず、親友の花子とあたしの長閑な〈少女小説〉は、幸福な結末を迎えるか？

文章教室

金井美恵子　40575-4

恋をしたから〈文章〉を書くのか？＜文章＞を学んだから、〈恋愛〉に悩むのか？　普通の主婦や女子学生、現役作家、様々な人物の切なくリアルな世紀末の恋愛模様を、鋭利な風刺と見事な諧謔で描く、傑作長篇小説。

タマや

金井美恵子　40581-9

元ポルノ男優のハーフ。その姉は父親不詳の妊娠中、借金と猫を残してトンズラ。彼女に惚れてる五流精神科医はぼくの異父兄。臨月の猫は押しつけられるし変な奴等が押しかけるし……。ユーモア冴え渡る傑作。

道化師の恋

金井美恵子　40585-1

若くして引退した伝説的女優はオフクロ自慢のイトコ。彼女との情事を書いた善彦は、学生作家としてデビューすることに。ありふれた新人作家と人妻との新たな恋は、第二作を生むのか？　目白四部作完結！

少年たちの終わらない夜

鷺沢萠　40377-8

終りかけた僕らの十代最後の夏。愛すべき季節に別れの挨拶をつげる少年たちの、愛のきらめき。透明なかげり。ピュアでせつない青春の断片をリリカルに描いた永遠のベストセラー、待望の文庫化。

スタイリッシュ・キッズ

鷺沢萠　40392-1

「あたしたちカッコ良かったよね……」理恵はポツリとそう言った。1987年の初夏から1989年の夏まで、久志と理恵の最高のカップルの出会いから別れまでの軌跡を描く、ベストセラー青春グラフィティ。

ハング・ルース

鷺沢萠　40462-6

ユニは19歳、なんだかとても“宙ぶらりんな存在”のような気がする。一緒に暮らしていた男から放り出され「クラブ・ヌー」でフェイスと出会い、投げやりな共同生活を始めたが……。さまよう青春の物語。

レストレス・ドリーム

笙野頼子　40471-5

悪夢の中の都市・スプラッタシティを彷徨する〈私〉の分身とゾンビたちの途方もない闘い。ポスト・フェミニズム時代の最大の異才が今世紀最大、史上空前の悪夢を出現させる現代文学の金字塔。

母の発達

笙野頼子　40577-0

娘の怨念によって殺されたお母さんは〈新種の母〉として、解体しながら、発達した。五十音の母として。空前絶後の着想で抱腹絶倒の世界をつくる、芥川賞作家の話題の超力作長篇小説。

ユルスナールの靴

須賀敦子　40552-5

デビュー後十年を待たずに惜しまれつつ逝った筆者の最後の著作。20世紀フランスを代表する文学者ユルスナールの軌跡に、自らを重ねて、文学と人生の光と影を鮮やかに綴る長編作品。

香具師の旅

田中小実昌　40716-1

東大に入りながら、駐留軍やストリップ小屋で仕事をしたり、テキヤになって北陸を旅するコミさん。その独特の語り口で世の中からはぐれてしまう人びとの生き方を描き出す傑作短篇集。直木賞受賞作収録。

文字移植

多和田葉子　40586-X

現代版聖ゲオルク伝説を翻訳するために火山島を訪れた“わたし”。だが文字の群れは散らばり姿を変え、“わたし”は次第に言葉より先に、自分が変身してしまいそうな不安にかられて……。言葉の火口へ誘う代表作！

少年アリス

長野まゆみ 40338-7

兄に借りた色鉛筆を教室に忘れてきた蜜蜂は、友人のアリスと共に、夜の学校に忍び込む。誰もいない筈の理科室で不思議な授業を覗き見た彼は教師に獲えられてしまう……。文藝賞受賞のメルヘン。

野ばら

長野まゆみ 40346-8

少年の夢が匂う、白い野ばら咲く庭。そこには銀色と黒蜜糖という二匹の美しい猫がすんでいた。その猫たちと同じ名前を持つ二人の少年をめぐって繰り広げられる、真夏の夜のフェアリー・テール。

三日月少年漂流記

長野まゆみ 40357-3

博物館に展示されていた三日月少年が消えた。精巧な自動人形は盗まれたのか、自ら逃亡したのか？　三日月少年を探しに始発電車に乗り込んだ水蓮と銅貨の不思議な冒険を描く、幻の文庫オリジナル作品。

夜啼く鳥は夢を見た

長野まゆみ 40371-9

子供たちが沈んでいる、と云われる美しい沼のほとりに建つ一軒の家。そこで祖母と二人きりで暮らしている従兄の草一を、紅於と頬白鳥の兄弟が訪れる。沼の底へ消えた少年たちの愛を描く水紅色の物語。

魚たちの離宮

長野まゆみ 40379-4

夏のはじめから寝ついている友人の夏宿を、市郎は見舞いに訪れた。夏宿を愛する弟の弥彦。謎のピアノ教師・諒。盂蘭盆の四日間、幽霊が出ると噂される古い屋敷にさまよう魂と少年たちとの交感を描く。

カンパネルラ

長野まゆみ 40395-6

「兄さん、あの署名、──あれはどう云う意味。自分の名前を記せばいゝのに」。緑に深く埋もれた祖父の家で、ひとり療養する兄の夏織。気怠い夏の空気の中、弟の柊一は兄の隠れ処を探して川を遡っていく。

夏期休暇

長野まゆみ　40406-5

「きっと、兄はあの帽子を持って来てくれる」千波矢が初めて兄の幻影と出逢ったのは、一羽の鳶の比翼が岬の空家の庭から帽子を舞い上げた夏の一日だった。空家に住み始めた少年や仔犬との交流を描く。

夏至祭

長野まゆみ　40415-4

ぼくはどうしても失くした羅針盤を探し出したいのさ——。半夏生の夜まで、あと二週間、集会はその夜に開かれるのに、会場の入口を見つけるための羅針盤を落としてしまった——。好評の文庫オリジナル。

ナチュラル・ウーマン

松浦理英子　40322-0

私、あなたを抱きしめた時、生まれて初めて自分が女だと感じたの——異性と愛を交わすより、同性との愛の交換によってみずからの生を充実させていく女性たち。不毛な愛の現実を赤裸々に結晶させた異色作。

セバスチャン

松浦理英子　40337-9

「サムバディ・コールド・ミー・セバスチャン」。不自由な肉体の根拠として被虐的な“私”を生きるロック少年と“主人と奴隷ごっこ”に身を置いて倒錯した愛の世界を彷徨する女性たちの危うい日々。

葬儀の日

松浦理英子　40359-X

葬式に雇われて人前で泣く「泣き屋」とその好敵手「笑い屋」の不吉な〈愛〉を描くデビュー作はじめ3篇を収録。特異な感性と才気漲る筆致と構成によって、今日の松浦文学の原型を余すところなく示す第一作品集。

親指Pの修業時代　上・下

松浦理英子　40455-3

ある夕暮れに目覚めると、彼女の親指はペニスになっていた。——やがて性の見せ物一座に加わる少女の遍歴を通して、新しいセクシュアリティのありかたをさぐる女流文学賞を受賞した、話題のベストセラー。

ベッドタイムアイズ
山田詠美 40197-X

スプーンは私をかわいがるのがとてもうまい。ただし、それは私の体を、であって、心では決して、ない。——痛切な抒情と鮮烈な文体を駆使して、選考委員各氏の激賞をうけた文藝賞受賞のベストセラー。

指の戯れ
山田詠美 40198-8

ピアニスト、リロイ。彼の指には才能がある。２年前に捨てたあの男、私の奴隷であった男のために、今、愛と快楽の奴隷になろうとするルリ子。リロイの奏でるジャズ・ミュージックにのせて描く愛と復讐の物語。

蝶々の纏足
山田詠美 40199-6

少女から女へと華麗な変身をとげる美しくも多感な蝶たちの青春。少年ではなく男を愛することで、美しい女友達の枷から逃れようとする心の道筋を詩的文体で描く。第96回芥川賞候補作品。

ジェシーの背骨
山田詠美 40200-3

恋愛のプロフェッショナル、ココが愛したリック。彼を愛しながらもその息子、ジェシーとの共同生活を通して描いた激しくも優しいトライアングル・ラブ・ストーリー。第95回芥川賞候補作品。

風葬の教室
山田詠美 40312-3

私は両耳をつかまれて、高々と持ち上げられた可哀相なうさぎ——。理不尽ないじめに苦しむ少女に兆す暗い思いを豊かな筆致で描いた表題作の他、子守歌に恐怖と孤独を覚える少女を見つめた佳篇「こぎつねこん」併載。

緑色の濁ったお茶あるいは幸福の散歩道
山本昌代 40492-8

おっとりした姉・可李子と重い病いを抱える妹・鱈子さん、父母姉妹での穏やかな生活に、父の病いという思わぬ波紋が広がり……。家族が映し出す日常の不思議と夢のリアルに迫る、話題の第８回三島賞受賞作。

著訳者名の後の数字はISBNコードです。頭に「4-309-」を付け、お近くの書店にてご注文下さい。